Rachel Hanna

Das kleine Haus am Strand

Roman

Aus dem Englischen
von Cornelia Röser

Atlantik

Die Originalausgabe erschien 2019 unter dem Titel
The Beach House im Selbstverlag.

*Atlantik ist ein Imprint des
Hoffmann und Campe Verlags, Hamburg.*

1. Auflage 2025
Copyright © 2019 Rachel Hanna
Für die deutschsprachige Ausgabe:
Copyright © 2025 Hoffmann und Campe Verlag, Hamburg
Harvestehuder Weg 42, 20149 Hamburg, produktsicherheit@hoca.de
www.hoffmann-und-campe.de
Umschlaggestaltung: Ralf Schneider © Hoffmann und Campe
Umschlagabbildung: © Getty Images / Bob Palosaari
Satz: Dörlemann Satz, Lemförde
Gesetzt aus der Caslon
Druck und Bindung: GGP Media GmbH, Pößneck
Printed in Germany
ISBN 978-3-455-01923-0

Ein Unternehmen der
GANSKE VERLAGSGRUPPE

Erstes Kapitel

Sie stand an der Frühstückstheke und sah sich in ihrem Zuhause um, das jetzt so leer war wie noch nie zuvor. Ein weiterer Abschnitt ihres Lebens lag hinter ihr: die Tage, in denen überall kleine Kinder herumkrabbelten, die Tage mit Softballturnieren an jedem Wochenende, die Tage der ersten Dates – sie waren gekommen und wieder gegangen. Jetzt waren die Kinder groß und aus dem Haus, ihr Mann und sie allein im leeren Nest.

»Kann ich sonst noch etwas für Sie tun, Miss Julie?«, fragte Agnes, die Haushälterin. Sie hatte schon bei ihnen geputzt, als die Kinder noch mit der Trommel um den Weihnachtsbaum gerannt waren, wie ihre Großmutter gesagt hätte.

»Nein, vielen Dank, Aggie. Geh ruhig nach Hause und leg die Füße hoch.«

Mit einem dankbaren Lächeln nahm Agnes den Umschlag entgegen, der ihren letzten Gehaltsscheck samt einem kleinen Extra enthielt.

»Ich wünschte, du könntest mit uns kommen. Aber das neue Haus am Strand ist nicht so groß, dass wir eine Haushälterin bräuchten. Ich werde wohl lernen müssen, alles selbst zu erledigen.« Julie lachte traurig. Dies war wirklich das Ende einer Ära.

»Das Haus wird bestimmt ein wundervolles Heim für eine andere Familie.« Agnes sah sich um. Julie hoffte, dass die ältere Frau sich nun endlich zur Ruhe setzen würde, auch wenn diese immer sagte, Putzen sei ihr Hobby und dafür könne sie sich genauso gut bezahlen lassen.

Jeder Winkel hier steckte voller Erinnerungen, von der Stelle, an der sie immer den Weihnachtsbaum aufstellten, bis zu der Macke in der Tapete, wo ihre Deutsche Dogge auf der Jagd nach einem Ball über den Parkettboden geschlittert und gegen die Wand gekracht war.

Erinnerungen hatten ihre guten und schlechten Seiten. Julie schämte sich für die Tränen, die ihr in die Augen stiegen, und sie wechselte schnell das Thema.

»Danke, dass du hier so gründlich sauber gemacht hast. Unsere Maklerin hat schon drei Interessenten, ich glaube, wir müssen nicht mal ein Schild im Vorgarten aufstellen. Einer hat sogar schon ein Angebot gemacht.«

Agnes lächelte. »Sie werden mir fehlen. Sagen Sie den Mädchen bitte, dass ich sie lieb habe, und sie sollen mir mal eine Postkarte schreiben, ja?«

Julie umarmte sie. »Du weißt, dass sie dich lieben wie eine Großmutter, Aggie. Sie werden in Kontakt bleiben, versprochen.«

Julie war so stolz auf ihre Töchter. Die beiden waren inzwischen erwachsen und eroberten die Welt im Sturm. Meg war neunzehn und verbrachte ein Studienjahr in Frankreich, und Colleen mit ihren zwanzig Jahren studierte am anderen Ende Nordamerikas in Kalifornien und absolvierte gerade ein hochkarätiges Praktikum in einer Anwaltskanzlei, weshalb sie nur selten zu Besuch kam.

Blieben also nur noch Julie und ihr Mann Michael, mit dem

sie seit einundzwanzig Jahren verheiratet war. Solange sie zurückdenken konnte, hatte sie davon geträumt, ein Haus an der Küste von South Carolina zu kaufen und das Leben zu genießen, wenn die Kinder aus dem Haus waren, sie selbst aber noch jung. Mit gerade mal dreiundvierzig fühlte Julie sich noch nicht reif für den Ruhestand. Ganz im Gegenteil. Sie führte eine erfolgreiche Online-Boutique, die sie auch von ihrem neuen Strandhaus aus betreiben wollte. Tatsächlich hatten Michael und sie vor einem Monat den Kaufvertrag für ein Haus unterschrieben, und die wunderbaren Verkäufer waren bereit gewesen, abzuwarten, bis das alte Haus verkauft und ihre anderen Angelegenheiten geregelt waren. Der Vertragsabschluss stand in wenigen Wochen bevor, und Michael blieb gerade noch genug Zeit für eine letzte Geschäftsreise, bevor er seine Arbeit im Vertrieb offiziell aufgab.

Nach dem Umzug würde auch er sich selbstständig machen, und endlich sollte sich ihr Traum erfüllen, in ihren Vierzigern in einem Haus am Strand zu leben. Sie konnte es kaum erwarten.

Am Meer hatte sie stets ihr größtes Glück gefunden. Das stetige Auf und Ab der Wellen vermittelte ihr eine Ruhe, die sie nicht in Worte fassen konnte. Und das Haus, das sie kauften, stand direkt am Strand. Wie oft hatte sie sich ausgemalt, beim Morgenkaffee die vorbeiziehenden Delfine zu beobachten. Und schon bald würde dieser Traum wahr werden. Sie konnte ihre Vorfreude kaum noch bremsen.

Michael war kein so großer Strandfan wie sie, hatte ihr aber immer ihre Träume gelassen und war ihren Wünschen gefolgt. Sie war es, die nach den Sternen griff, während er eher eine Arbeitsbiene war und seine Träume kaum je über den gegenwärtigen Augenblick hinausreichten. Trotzdem war er so erfolgreich in seinem Job, dass sie ein ziemlich luxuriöses Leben führen konnten, und dafür war Julie dankbar. Denn ihre Boutique brachte zwar Geld ein, doch ohne Michaels Einkommen hätten sie nicht davon leben können.

Das erste Jahr nach dem Auszug der Töchter war ein richtiger Schock für sie gewesen. Mit einem Mal war es so still im Haus. Vorbei die Zeiten, in denen sich an den Wochenenden Dutzende Kinder in ihr Wohnzimmer quetschten, lautstark Pyjamapartys feierten oder bis drei Uhr früh tanzten.

Damals hatten sie über den Lärm geklagt, doch als er nicht mehr da war, kam ihnen die Stille ohrenbetäubend laut vor. Es dauerte mehrere Monate, bis sie sich daran gewöhnt hatten, vor allem für Michael. Sie legten sich neue Gewohnheiten zu, zum Beispiel frühstückten sie morgens nun immer gemeinsam auf der Terrasse, bevor Michael zur Arbeit fuhr. Und die ganze Zeit über hatte Agnes weiterhin das Haus sauber gehalten, obwohl kaum noch jemand da war, der es hätte schmutzig machen können.

Nun blickte Julie durch das große Fenster in die Auffahrt und sah Agnes nach, die ihren Kleinwagen zurücksetzte und die Tore ihres wohlhabenden Wohnviertels passierte. Ja, in den vergangenen Jahren war es ihnen finanziell sehr gut gegangen, aber nun waren sie auf andere Art gesegnet: mit Liebe. Mit einer starken Ehe, die den Prüfungen der Zeit standgehalten hatte. Mit einem Neuanfang an einem neuen Ort, fernab vom hektischen Treiben der Vororte Atlantas.

Bei diesem Gedanken lächelte Julie. Jetzt würden all ihre Träume in Erfüllung gehen.

Es war fast sieben Uhr, und Michael war noch nicht zu Hause. Sein Flugzeug war um vier angekommen, sie hatte sogar im Internet nachgeschaut, ob er auch sicher gelandet war. Dann hatte sie seinen Kollegen angerufen, der zusammen mit ihm auf dieser

Geschäftsreise gewesen war, aber Marc war trotz des furchtbar dichten Verkehrs in der Stadt schon seit über einer Stunde zu Hause.

Wo war Michael?

Sie hatte ihm geschrieben, aber keine Antwort bekommen. Anrufe landeten direkt auf der Mailbox. Von Minute zu Minute wurde sie unruhiger. Sollte sie die Polizei einschalten? Oder reagierte sie über?

Als sie gerade den Notruf wählen wollte, hörte sie, wie das Garagentor geöffnet wurde. Durchs Fenster sah sie das Heck seines schwarzen BMW in die Garage rollen. Eine Mischung aus Erleichterung und Wut durchflutete sie. Warum kam er so spät, und warum hatte er auf keine ihrer Nachrichten und Anrufe reagiert?

»Gott sei Dank, dir geht's gut!«, sagte sie, als er endlich zur Tür hereinkam. Er trug keinen seiner üblichen Anzüge, sondern Khaki-Shorts, ein rosa Poloshirt und Segelschuhe. So etwas trug er auf Geschäftsreisen nie, nicht einmal auf dem Rückflug.

»Warum sollte es mir nicht gut gehen?«, fragte er, sein Ton eine Spur gereizt. Ohne sie anzusehen, trat er in den Flur und stellte seinen Rollkoffer in der Ecke ab.

»Dein Flugzeug ist schon vor Stunden gelandet, und ich habe dir geschrieben. Und dich angerufen. Warum hast du dich nicht gemeldet?«

»Du übertreibst, Julie. Ich war im Auto. Du weißt, dass ich nicht ans Handy gehe, wenn ich fahre. Denk doch an Kit.«

Er erinnerte in solchen Situationen gern an seinen alten Freund Kit, der vor vielen Jahren wegen eines abgelenkten Teenagers bei einem Verkehrsunfall ums Leben gekommen war. Trotzdem brauchte Michael normalerweise keine drei Stunden vom Flughafen nach Hause.

9

»War viel Verkehr auf den Straßen? Marc war nämlich schon vor einer Stunde zu Hause.« Seine Antworten kamen ihr immer dubioser vor, und noch immer wich er ihrem Blick aus.

Jetzt sah er sie an, sein Gesicht zornesrot. »Du hast ernsthaft Marc angerufen? Willst du mich bei der Arbeit als Idioten dastehen lassen?«

»Michael, ich habe mir Sorgen gemacht! Ich war kurz davor, die Polizei zu rufen.«

»Meine Güte, reiß dich mal zusammen, Julie. Ich bin ein bisschen spät dran, davon geht doch die Welt nicht unter, okay?« Er stürmte ins Schlafzimmer, setzte sich auf einen Stuhl und zog seine Schuhe aus.

Irgendetwas stimmte nicht. So hatte er sich noch nie aufgeführt. Michael wurde sonst nicht mal laut, weshalb die Rolle der strengen Erzieherin immer Julie zugefallen war. Sie war die »Böse«, während er den »lieben Daddy« spielen durfte.

»Und warum interessiert es dich, was Marc oder deine Kollegen denken? Das war doch deine letzte Geschäftsreise, oder? In ein paar Wochen ziehen wir an den Strand …«

Er verharrte mitten in der Bewegung. Die Stille im Raum war überwältigend, und für einen Moment glaubte sie, ihre Ohren hätten den Dienst quittiert. Er sah sie nicht an.

»Michael? Ist etwas passiert?«

»Bitte nicht heute Abend, Julie. Ich bin müde und habe einen langen Flug hinter mir.« Er stand auf, trat vor den Kleiderschrank und betrachtete sich eine Weile von der Seite, bevor er sich wieder Julie zuwandte.

»Was ist? Du machst mir Angst. Sag mir doch, was los ist, Schatz. Ich kann dir helfen.« Sie berührte ihn an der Schulter. Er wich zurück.

»Ich ziehe aus.«

»Ja. Wir ziehen in unser neues Haus am Strand. Alles wird wunderbar werden.«

»Nein, Julie. Du verstehst nicht. Ich … ich verlasse dich.«

Ihr stockte der Atem. Ihr Herzschlag dröhnte wie ein Presslufthammer in ihrem Kopf. Das Zimmer begann sich langsam zu drehen. Sie hielt sich an der Schranktür fest und atmete tief durch.

»Was?«

»Es gibt da … eine andere.«

Eine andere? Wie war das möglich? Sie führten doch eine gute Ehe. Hatten ein glückliches Leben. Zwei Töchter, eine Haushälterin, ein neues Haus am Strand. War er etwa betrunken? Oder hatte ihm jemand im Flugzeug Drogen in den Drink gemischt?

»Das darf nicht wahr sein«, stammelte sie. »Wer? Warum?«

Michael seufzte. »Spielt das eine Rolle, Jules?«

»Erstens: Nenn mich nicht so! Betrüger dürfen diesen Namen nicht benutzen.« Jetzt wurde sie wütend. Sie trat mit vorgerecktem Zeigefinger auf ihn zu, die Wut peitschte durch ihre Adern wie Wellen nach einem Sturm. »Und zweitens: Ja, es spielt eine Rolle! Ich will wissen, wer dieses Miststück ist, das unsere Familie kaputt gemacht hat.«

Er setzte sich wieder auf den Stuhl, schlug die Hände vors Gesicht und lehnte sich zurück. »Bitte nicht heute Abend«, sagte er noch einmal.

Sie folgte ihm und trat vor den Stuhl. »Ach, entschuldige. Du bist bestimmt müde. Möchtest du mir lieber morgen das Herz brechen und meine Träume zerstören? Für wie viel Uhr soll ich mir im Kalender notieren, dass du ein untreuer Riesenarsch bist? Würde dir gegen Mittag passen? Nein? Das könnte dir auf den Magen schlagen? Du kriegst ja so leicht Verstopfung … Hast du deinem kleinen Flittchen dieses hübsche Detail über dich erzählt?«

11

»Es reicht, Julie! Ich habe nicht gewollt, dass es dazu kommt.«
Er stand auf. »Es ist einfach …«

»Passiert? Oh ja, das sagen sie alle, diese ganzen untreuen
Mistkerle in den Nachmittagstalkshows. Aber das ist Quatsch,
Michael, das weißt du! Du hast eine Entscheidung getroffen,
und du könntest wenigstens so viel Respekt zeigen, mir zu sagen,
wer sie ist … und wie es dazu gekommen ist.«

Er holte scharf Luft und setzte sich wieder. Julie beruhigte
sich so weit, dass sie sich ein Stück von ihm entfernt aufs Bett
setzen konnte, wo sie sich nun dafür wappnete, sich die wider-
wärtigen Einzelheiten anzuhören, mit denen sie nie im Leben
gerechnet hätte.

»Victoria. Sie wohnt in Boston.«

Die ganzen Geschäftsreisen nach Boston. Jetzt ergab das alles
Sinn.

»Dann waren deine Reisen also gar nicht geschäftlich?« Ihr
Herz tat weh, und gegen ihren Willen liefen ihr die ersten Tränen übers Gesicht.

»Nicht alle. Anfangs bin ich wirklich dorthin geflogen, um unsere neue Niederlassung aufzubauen. Eines Abends, nach einem
besonders schlimmen Meeting, ging ich in ein Restaurant. Weil
es keinen Tisch für eine Person gab, setzte ich mich an die Bar.
Und dann kam diese Frau herein …«

»Meine Güte, das ist unglaublich.«

»Man sucht sich nicht aus, in wen man sich verliebt, Julie.«

Sie stand vom Bett auf. »Ernsthaft? Du solltest in *mich* verliebt sein, Michael! In mich! Deine Frau, mit der du seit einundzwanzig Jahren verheiratet bist! Die Mutter deiner beiden
Töchter. War das auch alles eine Lüge?«

»Natürlich nicht! Ich habe dich geliebt.«

»Vergangenheitsform? Ehrlich?«

Wieder seufzte er. »Victoria versteht mich einfach. Und da ist noch etwas …«

»Da ist noch mehr? Wie reizend.«

»Wir haben einen sechs Monate alten Sohn. Charlie.«

Wieder blieb ihr die Luft weg. Michael hatte sich immer einen Sohn gewünscht, aber nach zwei schwierigen Schwangerschaften hatte Julie keine weiteren Kinder gewollt. Das hatte jahrelang eine Kluft zwischen sie gerissen, schließlich waren sie aber darüber hinweggekommen. Jetzt hatte er seinen Sohn und seine Seelenverwandte mit den strammen Brüsten. Julie wollte sich am liebsten übergeben.

»Wie konntest du nur! Du hast also ein Doppelleben geführt und bist jeden Monat ein paar Mal nach Boston geflogen, um Zeit mit deiner anderen Familie zu verbringen? Mein Gott, was sollen Meg und Colleen denken?«

»Du darfst es ihnen nicht sagen.«

»Tickst du noch ganz richtig? Die beiden müssen wissen, dass sie einen Bruder haben.«

»Ich meine nur, lass mich es ihnen selbst sagen. Bitte.«

Sie setzte sich und schluckte ihre Tränen hinunter. »Also gut. Dreh es meinetwegen so, wie du willst. Aber deine Töchter sind nicht so blöd wie ich, die riechen deine Lügen zehn Meilen gegen den Wind.«

»Julie, ich wollte dir nie wehtun. Aber das Leben ist kurz, und ich möchte wieder glücklich sein.«

»Und ich blöde Kuh dachte die ganzen Jahre, ich würde dich glücklich machen.«

»Das hast du auch … viele Jahre lang.«

»Wow. Tja, tut mir leid, dass ich für deine zweite Lebenshälfte nicht gut genug bin. Wahrscheinlich bin ich dir nicht mehr jung und sexy genug.«

»Julie, sie ist nur ein Jahr jünger als du. Es ist nicht so, wie du denkst.«

Wow, das war ein Schlag in die Magengrube. Sie konnte die Schuld nicht einmal auf die Jugend und den Sexappeal der anderen Frau schieben. Oh nein. Sie selbst war einfach nicht gut genug.

»Ich habe für morgen einen Flug gebucht, und nächste Woche kommt ein Umzugsunternehmen. Gestern habe ich mit dem Makler gesprochen. Die Käufer haben unser Gegenangebot angenommen und werden in drei Wochen unterschreiben.«

»Und wo soll ich hin, Michael?«

»Ich hatte nicht vor, dich im Stich zu lassen. Du hältst mich jetzt wahrscheinlich für einen furchtbaren Menschen. Und ehrlich gesagt, ich selbst tue das auch.«

»Aber du gehst trotzdem.«

»Ich muss. Mein Sohn ist dort, und es wäre nicht gut für seine Entwicklung, ohne mich aufzuwachsen.«

»Ich weiß nicht, was ich sagen soll. Das kommt mir vor wie ein schlechter Film.«

»Hier.« Er zog einen Schlüsselbund aus der Tasche und reichte ihn ihr.

»Was ist das?«

»Die gehören zu einer Suite in einem Hotel in Davenport.«

»Ein Hotel? Ernsthaft?«

»Ich habe einen Aufenthalt von sechs Wochen ab dem Verkauf des Hauses für dich gebucht, damit du Zeit hast, wieder auf die Füße zu kommen.«

Stumm vor Entsetzen stand Julie da. Das war nicht der Mann, den sie kannte. Der Mann, der sie vor vier Jahren nach einer schweren Grippe gesund gepflegt hatte. Der Mann, der sie während der Schwangerschaft mit Colleen eifrig zu jeder einzelnen

Geburtsvorbereitungsstunde begleitet hatte. Und ganz sicher nicht der Mann, der noch vor wenigen Jahren vor ihr gestanden und sein Ehegelübde erneuert hatte. Diesen Mann hier kannte sie nicht.

»Ich kann das einfach nicht glauben.«

»Ich muss dir auch noch sagen, dass das mit dem Strandhaus nicht klappt.«

»Sag bloß.«

»Es tut mir ehrlich leid, dass ich deinen Traum von einem Leben dort zerstören muss.«

»Ich dachte, das wäre *unser* Traum?«, sagte sie leise und konnte die Tränen nicht länger zurückhalten.

»Mein Traum war das nie, Julie. Du hast gewusst, dass ich nur dir zuliebe mitspiele.«

»Und was ist dein Traum, Michael?«

»Mein Traum ist Boston.«

In diesem Moment zersplitterte ihr Herz in eine Million Stücke und verteilte sich überall auf dem Boden ihres Zuhauses, in dem es früher nur kostbare Erinnerungen gegeben hatte.

Zweites Kapitel

Die folgenden Wochen erlebte sie wie im Nebel. Michael war am nächsten Tag wie angekündigt abgereist. Er war schon fort gewesen, als sie aufwachte. Julie war in der Nacht leise weinend durchs Haus gewandert. Im Schlafzimmer hatte sie mit angezogenen Knien auf ihrer Bettseite gehockt und sich hin- und hergewiegt, und dabei so leise geschluchzt, wie sie nur konnte.

Michael schlief im Gästezimmer im ersten Stock – wo er vermutlich seiner geliebten, nur geringfügig jüngeren Freundin Nachrichten schrieb. Von dem Gedanken wurde ihr übel.

Dann ging sie ins Bad und setzte sich auf den Rand der großen freistehenden Badewanne. Ihre Gedanken wanderten zu ihrem letzten Hochzeitstag, sie hatte mit ihm baden wollen, mit angeschalteten Massagedüsen und einer schönen Flasche Wein. Doch Michael hatte gesagt, er sei müde, und war früh zu Bett gegangen. Damals hatte sie ihm geglaubt, doch jetzt wusste sie es besser. Er hatte ein schlechtes Gewissen gehabt, weil seine Freundin zu dieser Zeit schwanger irgendwo in Boston saß und sich fragte, wann er wieder zu ihr käme.

Schließlich schlüpfte sie nach draußen auf die Terrasse und starrte in den dunklen Nachthimmel, der von einem grauen Wolkenschleier überzogen war – fast so wie ihre Zukunft. Sie dachte darüber nach, wie es im Leben manchmal geschah, dass man etwas zum letzten Mal erlebte, ohne zu wissen, dass es das letzte Mal war.

Wie ihr gemeinsames Frühstück auf der Terrasse. Letzte Woche hatte sie nicht gewusst, dass es das letzte Mal sein würde. Er schon. Das machte sie verrückt. Warum hatte sie die Zeichen nicht gesehen?

Als er am nächsten Morgen fort war – ohne ein einziges Wort oder auch nur einen letzten Blick –, war Julie durch das jetzt *sehr* leere Haus gegeistert und hatte sich ihren nächsten Schritt überlegt. Die meiste Zeit spielte sie mit den Schlüsseln zu ihrer Hotelsuite und dachte darüber nach, wie sich ihr Traum vom Haus am Strand vor ihren Augen in Luft auflöste. Ein Leben ohne Michael hatte sie sich noch nie vorgestellt. Eine Ehe sollte etwas Dauerhaftes sein. Etwas für die Ewigkeit. Sie hatte geglaubt, er sähe das genauso.

Auf Social Media spähte sie sämtliche Victorias in Boston aus. Wach gehalten von starkem Kaffee und dem einen oder anderen Glas Wein, saß sie eines Nachts stundenlang vor dem Bildschirm. Bis ein Blick in den Spiegel ihr bewusst machte, dass das in keine gute Richtung ging. Sie klappte den Laptop zu.

Und dann kam der Tag, an dem Meg aus Europa anrief, mit zittrig klingender Stimme und verstopfter Nase, und Julie hoffte, es wäre nur eine Erkältung, obwohl sie es besser wusste.

»Daddy hat mich angerufen.« Mehr brachte sie nicht heraus, bevor sie in Tränen ausbrach.

»Es tut mir so leid, mein Schatz.«

»Wie konnte er uns das antun?«

»Ich weiß es nicht. Ich hatte keine Ahnung.«

»Ich komme nach Hause.«

»Nein, Meggy, das geht nicht.«

»Wenigstens eine von uns muss jetzt bei dir sein, und Colleen hat gerade ihr wichtiges Praktikum. Ich kann ein Semester aussetzen und …«

»Nein! Und damit basta. Sicher, es wird eine harte Zeit, aber ich schaffe das schon, versprochen.«

»Bist du sicher? Du warst doch noch nie allein.«

»Ganz sicher. Ich arbeite und suche mir eine neue Wohnung und werde mich an das Leben als Single gewöhnen. Wir stehen das schon durch, Meg.«

Meg zog die Nase hoch. »Ich weiß. Hab dich lieb.«

»Ich hab dich auch lieb.«

Das Telefonat mit Meg war schon schwer gewesen, aber das mit Colleen wurde beinahe unerträglich. Zu Beginn verlief alles sehr ähnlich, doch Colleen war direkter als ihre Schwester und außerdem stur. Sie weinte nicht. Sie war stinksauer, und Julie konnte quer über den ganzen Kontinent hören, wie sie vor Wut kochte.

»Was ist bloß ihn Dad gefahren?! Ihr wart immer der Inbegriff der perfekten Ehe.«

»Keine Ehe ist perfekt, Colleen.«

»Ich rede nicht mehr mit ihm. Ich will ihn nicht mehr sehen. Und seine bescheuerte Verlobte will ich erst recht nicht sehen!«

»Moment – Verlobte?«

Colleen schwieg einen Moment. »Das wusstest du nicht?«

»Nein.« Julies Gesicht fühlte sich tiefrot an, als von neuem die Wut in ihr aufstieg. »Wir sind noch nicht mal geschieden.«

»Das habe ich auch gesagt, aber anscheinend sind die Papiere so gut wie fertig. Du solltest dich wohl darauf gefasst machen.«

»Ich werde jetzt nicht aussprechen, was mir gerade auf der Zunge liegt, er ist schließlich dein Vater.«

»Mom, ich kann nach Hause kommen. Ich kann mir ein Praktikum in der Nähe von Atlanta besorgen, dann bin ich wenigstens nicht mehr so weit weg.«

»Nein, das habe ich deiner Schwester auch schon gesagt: Im Moment brauche ich Zeit für mich. Ich komme schon zurecht. Ich will einfach nur die Scheidung hinter mich bringen, mich in einem neuen Haus einrichten und dann neue Erinnerungen schaffen.«

»Was ist mit Tante Janine? Sie würde sich bestimmt freuen, von dir zu hören.«

»Es reicht, Colleen. Du weißt, dass ich keinen Kontakt zu meiner Schwester habe. Wir reden nicht mehr miteinander, seit du auf der Highschool warst, und ich werde jetzt nicht wieder damit anfangen.«

Julie wurde schon übel, wenn sie nur den Namen ihrer großen Schwester hörte. Als Kinder hatten sie sich sehr nahegestanden, ganz ähnlich wie Meg und Colleen. Doch mit der Zeit schienen sie sich immer weiter voneinander zu entfernen. Janine, die ewige Weltenbummlerin, das Möchtegern-Blumenkind, hatte mit Unverständnis reagiert, als Julie direkt nach dem College mit Michael zusammenzog. Sie hielt ihn für einen Langweiler, und vielleicht hatte sie damit recht. Aber sogar jetzt fühlte Julie sich noch verpflichtet, seine Ehre zu verteidigen.

Als die Kinder auf der Highschool waren, kam es zwischen ihr und Janine schließlich zu einem so schlimmen Streit, dass ihre Beziehung irreparabel zerbrach. Manchmal war Blut eben doch nicht dicker als Wasser, und das Letzte, was Julie jetzt gebrauchen konnte, war, dass ihre flatterhafte, ihr völlig fremd gewordene Schwester bei ihr aufschlug und ihr Leben noch mehr ruinierte.

Im Laufe der Jahre hatte Janine mehrfach versucht, wieder

Kontakt aufzunehmen. Sie hatte einige Zeit als Yogalehrerin in einem Retreat in Indonesien verbracht, in einer Region, die Julie nicht einmal aussprechen konnte. Sie hatte ihr Postkarten und Briefe von praktisch überall auf der Welt geschickt, in denen sie davon faselte, auf welche verrückten Pfade das Leben sie gerade führte. Und die ganze Zeit saß Julie als brave Ehefrau und Mutter, als verantwortungsvolle Mitbürgerin, die sie immer gewesen war, zu Hause.

Um ganz ehrlich zu sein, war womöglich ein wenig Eifersucht im Spiel. Schon in ihrer Kindheit war Janine bei allen beliebt gewesen. Sie war laut und lustig und sprach stets aus, was alle dachten, sich aber nicht zu sagen trauten. Aber sie war auch verantwortungslos und ständig auf dem Sprung, und man konnte sich nicht auf sie verlassen.

So viele gemeinsame Oster- und Weihnachtsfeste und Geburtstage der Mädchen hatte sie versäumt, weil sie ja unbedingt durch die ganze Welt gondeln musste. Von den vielen Männern mal ganz zu schweigen. Es schien fast, als wären die für sie beliebig austauschbar.

Julie verstand ihre Schwester nicht und würde es auch nie. Sie wollte lieber allein sein, als noch einmal etwas mit Janine zu tun zu haben. Das war den Stress einfach nicht wert – und Stress hatte sie im Moment wirklich schon genug.

»Okay. Ich wollte nur helfen, Mom. Du sollst nicht einsam sein.«

»Süße, einsam sein und allein sein sind zwei verschiedene Dinge. Allein zu sein, ist nicht unbedingt etwas Schlechtes.«

Noch während sie das sagte, wusste sie, dass es nicht stimmte. Sie wollte keine neuen Erinnerungen schaffen, sie wollte ihre alten behalten. Sie wollte den Mann zurück, den sie zu kennen *geglaubt* hatte. Sie wollte die Zeit zurückdrehen und Michael anflehen, gar nicht erst nach Boston zu fliegen. Sie wollte eine zweite Chance.

Die Tage vergingen, und ihr Gefühl von Verlust und Selbstmitleid wich einer Wut auf Michael und schließlich der Wut auf sich selbst, weil er ihr noch immer etwas bedeutete. Dabei sollte er ihr doch egal sein, sie wollte sein Gesicht aus ihrer Erinnerung löschen.

Jetzt kam ihr jede Sekunde in diesem Haus, in dem sie so lange gemeinsam gelebt hatten, wie eine Ewigkeit vor. Sie wollte nur noch zum Notar und die Papiere unterschreiben und das alles hinter sich bringen.

»Mrs Pike? Bitte hier entlang. Die Vertragsunterzeichnung findet in unserem Konferenzraum statt.« Die Frau führte sie durch einen Flur mit klobigen Mahagonimöbeln und überladenen Gemälden. Julie war wie immer zu früh dran, und der Raum war noch leer. »Kann ich Ihnen einen Kaffee oder Tee anbieten?«

»Nein danke.«

»Möchten Sie die Unterlagen vor der Unterschrift durchsehen? Ich kann Ihnen die Akte …«

»Nein danke.«

»In Ordnung. Die anderen Parteien müssten bald hier sein.«

Julie nickte.

In der Mitte des langen Mahagoni-Tisches stand eine große Schale Pralinen. Vor lauter Stress hätte Julie sich am liebsten ihre Handtasche mit den Dingern vollgestopft, doch ehe sie zugreifen konnte, betrat der Notar den Raum.

»Mrs Pike?« Er reichte ihr die Hand.

»Das bin ich.« Sie erhob sich leicht von ihrem Stuhl und schüttelte ihm die Hand. Kurz dachte sie über ihren Namen nach. Würde sie jetzt wieder ihren Mädchennamen annehmen?

Wie lief das normalerweise? Über solche Dinge hatte sie sich noch nie Gedanken gemacht.

»Die Käufer müssen jede Minute hier sein. Möchten Sie einen Kaffee? Meine Sekretärin kann Ihnen …«

»Nein danke. Ich möchte nur so schnell wie möglich die Papiere unter…«

Julie sah auf, als Michael den Raum betrat. Gott sei Dank war er allein. Sie verspürte nicht das geringste Bedürfnis, seine neue Verlobte kennenzulernen.

»Hey«, sagte er mit gedämpfter Stimme und setzte sich neben sie.

»Hallo.« Sie dachte daran, dass sie jetzt zum letzten Mal etwas gemeinsam als Paar unterschrieben. Also, bis auf die Scheidungspapiere, aber dafür würden sie nicht nebeneinandersitzen müssen.

»Wie geht's dir?«, fragte er leise, als die Käufer ins Zimmer kamen und sich mit dem Notar unterhielten.

»Tu doch bitte nicht so, als ob dich das interessiert, Michael.«

»Natürlich interessiert es mich, Jules … Ich meine, Julie.«

Sie konnte ihn nicht ansehen. Da saß der Mann, den sie ihr Leben lang geliebt hatte, und nun bereitete ihr seine Nähe Übelkeit. Er hatte sie angelogen und darüber hinaus fast zwei Jahre lang mit einer anderen Frau das Bett geteilt. Wie hatte sie das nicht bemerken können?

»Also gut, ich denke, wir können beginnen. Dieser Papierstapel wirkt ziemlich einschüchternd, aber darunter sind eine Menge Offenlegungen und solche Dinge. Insgesamt sollten wir nicht länger als zwanzig Minuten brauchen. Das meiste richtet sich an die Käufer, fangen wir also auf dieser Seite des Tisches an …«

Die meiste Zeit starrte Julie ins Leere und wurde nur aufmerksam, wenn der Notar sich an ihre Seite des Tisches wandte.

Sie fühlte sich unendlich einsam und allein, obwohl ihr Mann direkt neben ihr saß. Der Mann, dessen Hand sie mehr als zwanzig Jahre lang gehalten hatte, war ihr so nah, und gleichzeitig unerreichbar weit weg. Ihr Herz hing noch an seinem, doch seins war bereits mit einer anderen verbunden. Alles war kalt und fremd und traurig.

»Oh, Mrs Pike, ich wollte Sie noch fragen, wie Sie den Vorgarten immer so perfekt gepflegt halten«, sagte die Frau ihr gegenüber. Ihr Mann und sie freuten sich sichtlich auf das neue Haus und waren bis über beide Ohren ineinander verliebt. Wie berauscht unterzeichneten sie die Verträge für ihr erstes gemeinsames Heim. Jung und verliebt, so war sie selbst auch gewesen. Vor langer Zeit. Jetzt empfand sie nichts als Wut und hin und wieder Mordgelüste.

Sie wollte die Frau an der Hand nehmen und sie warnen, dass Männer sich änderten. Dass sie wachsam bleiben und ihn im Auge behalten solle, weil er sie von einem Augenblick zum anderen sitzen lassen könne. Sie sollte unbedingt darauf achten, alles auf ihren Namen laufen zu lassen und immer einen guten Anwalt auf Kurzwahl zu haben. Von wegen Romantik.

»Oh, ich … wir hatten dafür eine Firma engagiert.« Sie schrieb den Namen auf ein Stück Papier und schob es über den Tisch, wobei sie sich bemühte, herzlich zu sein, obwohl sie in Wahrheit nur von hier wegwollte.

»Ich liebe diesen hinreißenden Torbogen hinten im Garten!«

»Darunter haben wir vor ein paar Jahren unser Eheversprechen erneuert«, sagte sie, ohne nachzudenken. Die Erinnerung an diesen Tag ließ ihr die Tränen in die Augen steigen. Ihre Töchter waren Brautjungfern gewesen, und ihre Freunde und Familie hatten bezeugt, wie sie sich zum fünfzehnten Hochzeitstag noch einmal Liebe und Treue versprochen hatten.

»Julie, du bist mein Leben und bist es immer gewesen. Es wird keinen Tag geben, an dem ich dich nicht liebe. Ich verspreche, dich immer an erste Stelle zu setzen und den Rest meines Lebens Gott für dich zu danken.«

Was war seitdem schiefgelaufen?

»Das werden wir sicher auch eines Tages tun, nicht wahr, Schatz?« Die Frau drehte sich zu ihrem Mann um und gab ihm einen Kuss. Julie wollte von hier verschwinden. *Schatz.* Dieses Kosewort hatte sie schon immer gehasst, aber heute ganz besonders.

»Vielleicht sollten wir uns wieder den Verträgen zuwenden«, sagte Michael, der Julies Unbehagen spürte. Versuchte er sie zu beschützen? Wahrscheinlich nicht. Wahrscheinlich wollte er nur wieder zurück zu seinem Flittchen und ihrem Kind.

»Okay, hier ist der Kaufvertrag. Wenn bitte jeder auf sein Blatt schaut, wir beginnen hier oben …«

Die nächsten Minuten starrten sie auf ein juristisches Dokument. Julie hatte noch nie so viele Zahlen auf einmal gesehen. Um solche Dinge hatte sich normalerweise Michael gekümmert. Zahlen waren noch nie ihre Stärke gewesen. Sie konnte ausgezeichnet schreiben, dekorieren und kochen, aber Zahlen banden ihr einen Knoten in den Kopf.

Sie blickte auf die letzte Summe: ihren Gewinn bei dem Verkauf. Der natürlich durch zwei geteilt werden würde, sobald sie von diesem Tisch aufstanden. Einundzwanzig Jahre Ehe würden in Kürze Vergangenheit sein, und sie würde ihren Teil des Geldes bekommen, um als alleinstehende Frau ganz von vorn anzufangen. Sie hätte nie gedacht, dass diese Bezeichnung noch einmal auf sie zutreffen würde.

Zwar hatte ihr Online-Shop ihnen über die Jahre ein kleines Zusatzeinkommen gebracht, aber leben konnte sie davon nicht, wenn das Geld aus dem Hausverkauf erst einmal aufgebraucht war. Sie würde sich wohl oder übel einen Job suchen müssen, und dieser Gedanke machte ihr Angst. Seit Colleens Geburt war sie nicht mehr arbeiten gegangen und hatte auch nie die Absicht gehabt, wieder damit anzufangen. Wer würde eine dreiundvierzigjährige Frau einstellen, die seit mehr als zwanzig Jahren nicht mehr gearbeitet hatte?

Natürlich könnte sie bei der Scheidung Unterhalt fordern, aber ein großer Teil von ihr war dafür zu stolz. Sie wollte keinen langen Streit vor Gericht, und sie wollte auch nicht, dass jeden Monat sein schmutziges Geld auf ihr Konto floss. Das war nicht unbedingt logisch, aber so empfand sie nun einmal.

Mit ziemlicher Sicherheit hatte Michael irgendwo Geld an die Seite geschafft, um seine Mätresse und das Kind zu unterstützen. Es war für Julie fast eine Art Hobby geworden, sich Bezeichnungen für diese Frau auszudenken, auch wenn es wohl keine besonders sinnstiftende Beschäftigung war.

Nach Abschluss der Verträge wurden sie von den Käufern ohne Vorwarnung umarmt. Julie bemühte sich, freundlich zu sein, wollte jedoch nur so schnell wie möglich in ihr Auto, ohne noch ein Wort mit Michael wechseln zu müssen. Jede weitere Kommunikation würde nun über ihre Anwälte laufen.

Die Assistentin reichte ihr einen Scheck über ihren Anteil vom Hausverkauf. Sie steckte ihn in die Handtasche und ging eilig hinaus auf den Parkplatz. Als wäre das Leben in den letzten Wochen nicht schon hart genug zu ihr gewesen, kam ihr eine Frau mit einem niedlichen kleinen Jungen auf dem Arm entgegen. Die Frau riss die Augen auf und wandte sich eilig ab.

»Victoria, du wolltest doch im Auto warten …«, sagte Michael hinter ihr.

»Tut mir leid, Liebling. Charlie ist ein kleines Malheur passiert, und ich wollte mit ihm zu den Toiletten.«

Julie starrte sie an und war unfähig, sich zu rühren. Die Frau sah umwerfend aus und verdammt noch mal mehr als nur ein Jahr jünger. Ihr Bild fand man im Lexikon vermutlich neben dem Wort »sinnlich«, tiefschwarze Haare fielen ihr bis auf die Taille. Der kleine Junge war hinreißend und würde vermutlich ebenfalls Model werden, wenn er einmal groß war.

»Sie sind Victoria«, war alles, was sie sagen konnte. Mehr brachte sie nicht hervor.

»Ja«, sagte die Frau leise. Michael nahm ihr das Kind aus den Armen und blieb ein Stück abseits stehen, als wäre er nicht sicher, wie es jetzt weiterging. Julie starrte Victoria immer noch an. »Ich weiß nicht, was ich sagen soll.«

»Sie haben gewusst, dass er verheiratet war?«

Victoria sah erst Michael und dann wieder Julie an. »Am Anfang nicht. Aber dann, ja, die meiste Zeit, als wir …«

»Als Sie mit ihm geschlafen haben«, brachte Julie den Satz für sie zu Ende.

»Okay.« Warum zeigte diese Frau kein bisschen Reue?

Julie holte tief Luft, sie war fest entschlossen, mit erhobenem Kopf aus dieser Nummer rauszugehen. »Aber vergessen Sie nicht: Was er mit anderen macht, macht er irgendwann auch mit Ihnen. Viel Glück, Sie werden es brauchen.«

Ohne sich noch einmal umzusehen, ging Julie zu ihrem Auto. Sie startete den Motor und fuhr auf einen anderen Parkplatz außer Sichtweite, wo sie eine halbe Stunde lang heulte, bevor sie nach Hause fuhr, um die Umzugsleute in Empfang zu nehmen.

Drittes Kapitel

Julie saß vor dem Bistro in ihrem Auto und wollte nicht ausstei-
gen. Warum hatte sie der Verabredung zugestimmt? Sie wollte
doch einfach nur zurück in ihr Hotelzimmer, eine Portion Käsemakkaroni in die Mini-Mikrowelle schieben und sich im Fernsehen eine Gerichtssendung nach der anderen ansehen. Vielleicht
eine gute Vorbereitung auf die bevorstehende Scheidung.

Aber dummerweise hatte sie sich mit ihren wohlhabenden
Freundinnen aus dem Country Club verabredet. Mallory, Tiffany
und Heidi meinten es nur gut, meistens jedenfalls. Aber sie waren nun mal hochnäsige, reiche Hausfrauen, ganz das Klischee,
das man aus dem Reality-TV kannte. Und im Grunde waren sie
alle bloß billige Kopien voneinander, samt ihren scheinbar perfekten Ehemännern und Kindern.

Ehrlich gesagt hatte Julie dieses Klischee selbst auch einige
Male erfüllt, sich jedoch stets bemüht, wieder zu der Person zu-
rückzufinden, die sie im Grunde ihres Herzens war. Ihr Vater
Richard war Buchhalter gewesen und ein Jahr vor ihrem Schul-
abschluss gestorben, und ihre Mutter SuAnn war mit den Kindern zu Hause geblieben, die ganze Zeit. Sie hatte nie außerhalb
des Hauses gearbeitet, hatte nicht studiert und war damit zufrie-

den gewesen, zu backen und zu nähen und jeden Abend, wenn die Straßenlaternen angingen, die Glocke über der Veranda zu läuten, um die Familie zum Abendessen zu rufen.

Sie hatten in ihrem eingeschossigen Backsteinhaus am Rand von Atlanta ein perfektes Mittelklasseleben geführt. In Julies Kindheit hatte es keine Country Clubs, Haushälterinnen oder Ferienreisen gegeben, dafür reichlich selbstgebackene Kekse, Rutenschläge auf die Beine, wenn sie unartig waren, und die Sonntagsschule am frühen Morgen.

Doch ihre Freundinnen, wenn man sie denn so nennen konnte, stammten aus anderen Verhältnissen. Sie kamen allesamt aus reichen Familien, hatten wohlhabende Männer geheiratet und ihren Status nur aufpoliert.

Mallorys Vater hatte seinerzeit irgendetwas mit Handys erfunden, und seitdem lebte ihre Familie wie die Made im Speck. Nach ihrer Hochzeit mit Devin, einem Softwareentwickler mit dem IQ eines Genies, war ihr eigenes Leben besiegelt gewesen. Sie hatten drei gemeinsame Kinder, die alle blond waren und aussahen wie aus einer Urlaubsbroschüre.

Auch Tiffany war mit dem Silberlöffel im Mund geboren worden, aber Julie hatte keine Ahnung, woher das Geld stammte. Tiff sprach nicht viel darüber, und Julie hatte sich schon oft gefragt, ob ihre Familie in der Vergangenheit in kriminelle Aktivitäten verwickelt gewesen war. Wie dem auch sei, als sie vor zehn Jahren Alessandro traf, hatte sie ebenfalls ausgesorgt. Der Kerl war ein italienischer Rennfahrer und sah aus wie aus Marmor gemeißelt.

Und dann war da Heidi. Sie war nett, hatte aber in etwa den gleichen IQ wie der Basset Hound, den Julie als Kind so geliebt hatte. Nur dass Heidi nicht sabberte … zumindest soweit Julie wusste. Heidi war in Frankreich geboren, ihre Mutter war Modedesignerin, und sie hatte ihre ersten Lebensjahre praktisch auf dem Laufsteg verbracht. Im Highschool-Alter zog sie mit ihren Eltern in die USA, wo sie Pierre kennenlernte, einen französischen Austauschstudenten, mit dem es sofort funkte. Von außen sah ihre Ehe ganz normal aus, doch Pierre war viel auf Reisen, genau wie Michael, und das gab Julie jetzt zu denken.

»Kommst du jetzt endlich?« Mallory klopfte an die Fensterscheibe. Julie war so in ihre Gedanken versunken gewesen, dass sie nicht bemerkt hatte, wie ihre Freundinnen sie aus dem Bistro heraus beobachteten.

Sie rang sich ein Lächeln ab und öffnete die Tür, »Entschuldige. Ich muss kurz weggeträumt sein.«

Mallory schob die Unterlippe vor und sah sich nach dem Tisch um, an dem Tiffany und Heidi saßen und ebenfalls betrübte Mienen aufsetzten.

»Ich weiß, Liebes. Wir haben das mit Michael gehört. Schrecklich, ganz schrecklich. Komm mit rein, wir haben schon eine Flasche Wein und einen großen Brotkorb bestellt.« Sie legt Julie den Arm um die Taille, als müsse sie sie stützen.

»Wein? Es ist noch nicht mal ...«

»Schwierige Zeiten erfordern drastische Maßnahmen!«, sagte Mallory atemlos, während sie Julie an den Tisch bugsierte.

»So schlecht geht es mir gar nicht, Mal...«, versuchte sie zu sagen, doch da hatten sie bereits den Tisch mit Heidi und Tiffany erreicht. Die beiden standen auf und umarmten Julie von beiden Seiten, während Heidi obendrein den Kopf an Julies Hals schmiegte. Julie war das alles ein bisschen zu viel, die Leute guckten schon.

»Können wir uns einfach hinsetzen?«, flüsterte sie und schenkte den anderen Gästen ein falsches Lächeln. Als sie endlich saßen, sah Julie, dass ihre Freundinnen sie mitleidig anstarrten, als wäre sie einer dieser verfilzten streunenden Hunde aus der spätabendlichen Fernsehwerbung, die einen kurz vor dem Schlafengehen noch schön traurig und deprimiert machen sollten.

»Oh, Jules, es tut uns allen so furchtbar leid, was dir passiert ist!«, sagte Heidi. Ihre Unterlippe ragte so weit hervor, dass ein ziemlich großer Vogel darauf Platz gehabt hätte. Natürlich waren ihre Lippen – wie überhaupt das meiste an ihrem Körper – künstlich und draller, als Gott sie geschaffen hatte.

»Leute, mir geht's gut, ehrlich. Macht doch bitte nicht so viel Wind darum.«

Tiffany legte den Kopf schief. »Gut? Liebes, wir wissen, dass es dir nicht gut geht. Wir wissen, was nach dem Vertragsabschluss passiert ist.«

Julie erstarrte. »Was meinst du damit?«

»Das war am nächsten Tag *das* Gesprächsthema im Club. Wie du und sein Flittchen euch direkt vor dem unehelichen Kind lautstark gestritten habt. Das muss furchtbar für dich gewesen sein!«

»Wir haben nicht gestritten, Tiff. Kein Stück. Wir sind auch nicht laut geworden.«

»Na, wie auch immer, du sollst jedenfalls wissen, dass wir für dich da sind. Wir sind auf deiner Seite.«

»Es gibt keine Seiten. Unsere Anwälte bereiten den Papierkram vor, und dann ist das Thema vom Tisch.«

»Vom Tisch?«, fragte Mallory. »Schätzchen, das wird nie vom Tisch sein. Du hast Kinder mit diesem Mann. Er wird dieses Flittchen zu jeder Familienfeier mitbringen, genau wie ihr gemeinsames Kind. Die Hochzeiten deiner Töchter ... wenn die Enkelkinder zur Welt kommen ... und dann ihre Geburtstage ... Er wird es dir dein ganzes Leben lang unter die Nase reiben. Du musst doch am Boden zerstört sein.«

Es klang fast, als *wollten* sie, dass Julie am Boden zerstört war. Und das war sie auch. Tatsächlich war sie völlig verzweifelt und verbrachte die meisten Abende mit einem Riesenbecher Eiscreme in der winzigen Hotelbadewanne. Aber das brauchten diese Frauen nicht zu wissen. Ihre Mutter, die selbst wiederum ein ganz eigenes Problem in Julies Leben war, hatte ihr zumindest beigebracht, sich ihren Kummer nicht anmerken zu lassen.

»Der Schock hat sich gelegt, das Leben geht weiter. Ich komme den Umständen entsprechend gut zurecht. Und ich möchte wirklich nicht mehr darüber reden. Können wir bitte einfach ganz normal zu Mittag essen wie immer?«

»Oh, sicher, das können wir versuchen.« Tiffany suchte in den Gesichtern der anderen nach Bestätigung, und sie nickten widerwillig.

»Gut. Was ist das Tagesgericht?« Julie griff nach der Karte, die sie bereits auswendig kannte, weil sie in diesem Bistro schon Dutzende Male gewesen waren.

»Das Club-Sandwich, glaube ich«, sagte Mallory.

»Entschuldige, aber ich muss das fragen«, meldete sich Heidi zu Wort, deren viel zu lebhafte französische Stimme Julie so früh am Tag auf die Nerven ging.

»Was?«

»Hast du nichts ... bemerkt?«

»Was bemerkt, Heidi?« Julie versuchte mit ihrem Tonfall auszudrücken, wie ungern sie weiter über dieses Thema reden wollte. Doch Heidi war nicht die Schlauste und verstand solche subtilen Hinweise nicht.

»Na ja, ich meine, er hat doch mit dieser Frau geschlafen, oder nicht?«

Julie sah, wie Mallory die Augen verdrehte. »Das ist wohl notwendig, um ein Kind zu zeugen.«

Heidi kicherte. »Oh, klar. Aber ich meine, hast du nicht gemerkt, dass er ... nichts mehr von dir wollte?«

33

»Heidi!«, tadelte Tiffany.

»Tut mir leid. Ich glaube nur, mein Pierre würde sich verändern. Zum Beispiel nicht mehr mit mir … du weißt schon was …«

»Du musst darauf nicht antworten, Jules«, sagte Mallory.

»Ich sage nur so viel, Heidi: Michael hat sich zu Hause nicht verändert, aber du weißt ja, wie viel er auf Reisen war. Hmm, da fällt mir ein, Pierre ist auch ständig unterwegs, oder?«

Eine ganze Weile starrte Heidi sie nur an, bevor sie schließlich die großen braunen Augen aufriss. »Ich muss mal telefonieren!« Sie schnappte sich ihr Handy und rannte zu den Toiletten, und Julie musste sich zusammenreißen, um nicht zu lachen.

»Jetzt mal ehrlich, wie geht es dir?«, fragte Mallory. In ihrem Blick lag echte Besorgnis.

Julie dachte kurz nach. Das waren die einzigen Freundinnen, die sie im Moment hatte, wenn auch nicht unbedingt die besten, die sie sich vorstellen konnte. Vielleicht sollte sie die drei nicht vorschnell abschreiben. Denn auf wen konnte sie im Moment sonst noch zählen? Ihre Töchter waren weit weg, Michael war fort, ihre Mutter konnte sie gerade nicht verkraften, und ihre Schwester … um Himmels willen, nein danke. Nachdem gerade ihre Ehe gescheitert war, konnte sie nicht auch noch ein Familiendrama gebrauchen. Das war einer der Gründe, warum sie ihrer Mutter noch nichts von der bevorstehenden Scheidung erzählt hatte. Deren zweideutige Bemerkungen, die sie nicht besonders geschickt als »gut gemeinten Rat« tarnte, würde Julie jetzt wirklich nicht ertragen.

»Es ist schwer im Moment.«

Tiffany berührte ihre Hand. »Tut mir leid, Liebes, ehrlich.«

»Wo wohnst du jetzt?«, fragte Mallory gerade, als Heidi mit geröteten Augen an den Tisch zurückkam.

»In dem Apartmenthotel am Ende der Straße.«

»Apartmenthotel? Was heißt das?«, fragte Heidi, die sich die Augen mit einer Serviette tupfte.

»Es heißt, dass mein untreuer Ex es für eine nette Geste hielt, mir für ein paar Wochen ein Studio in einem billigen Hotel zu bezahlen.«

»Und danach?«, fragte Mallory.

»Ich weiß nicht genau. Ich habe noch keine festen Pläne.«

»Du kannst sehr gern bei mir und Alessandro wohnen. Die Einliegerwohnung steht komplett leer«, bot Tiffany an. Julie lächelte dankbar.

»Das weiß ich sehr zu schätzen, Tiff, aber ich muss wieder auf die Beine kommen. Auf meine eigenen. Ich weiß noch nicht, wohin es mich verschlagen wird.«

»Moment, du willst nicht hier bleiben?«, fragte Heidi.

»Ich weiß es nicht. Ich ziehe alle Möglichkeiten in Betracht.«

»Aber du kannst nicht wegziehen, Jules. Du bist im Clubvorstand. Und die Tennismannschaft braucht dich!« Heidis Stimme stieg immer höher.

Julie biss sich auf die Zunge. Ihr ganzes Leben lag in Trümmern, und ihre engsten »Freundinnen« dachten nur an den Club und die Tennismannschaft?

»Aus dem Vorstand bin ich gestern ausgetreten. Und das Team kommt auch ohne mich zurecht.«

Tiffany schob wieder die Unterlippe vor. »Hör mal, du musst doch nicht dein ganzes Leben aufgeben.«

»Wie meinst du das?«

Tiffany beugte sich vor, und die anderen Frauen taten es ihr gleich. »Ich kenne eine Partnervermittlerin in Atlanta. Sie hat die reichsten Singlemänner hier im Südosten auf Kurzwahl. Ein kurzer Abstecher zum Friseur, um deinen Style aufzufrischen …«

»Hör auf!«, hörte Julie sich viel zu laut sagen. Die Gäste an den Nebentischen drehten sich zu ihr um. Mit großen Augen und offenen Mündern wichen die Frauen vor ihr zurück. »Ich habe mich wirklich bemüht, freundlich zu sein, aber lasst mich in Frieden! Mein ganzes Leben bricht zusammen, und ihr könnt über nichts anderes reden als über Tennis und Vorstände und Paarvermittlerinnen. Ich will keinen anderen Mann, nicht jetzt und vielleicht nie wieder. Meine Nerven liegen blank. Mein Herz ist gebrochen. Dieser ganze oberflächliche Mist steht ganz weit unten auf der Liste der Dinge, um die ich mir gerade Gedanken mache.«

»Oh, entschuldige«, sagte Tiffany, doch es klang sarkastisch. Sie verschränkte die Arme vor der Brust und wich Julies Blick aus.

»Sei mir nicht böse, Liebes, aber diese Einstellung wird es den Leuten nicht leichter machen, dir aus diesem Schlamassel zu helfen.« Mallory trank einen großen Schluck Wein.

»Mir aus welchem Schlamassel zu helfen?«

Einen Augenblick lang herrschte Schweigen am Tisch, ehe Tiffany schließlich wieder das Wort ergriff. »Sieh mal, wir wollen dir helfen, dein Gesicht zu wahren. Michael hat den Namen eurer Familie in der ganzen Stadt beschädigt. Er ist jetzt in Boston, aber du bist hier. Wenn du dein soziales Umfeld behalten willst …«

Jetzt war es Julie, die mit offenem Mund dasaß. »Ihr glaubt ernsthaft, im Moment würde mich mein sozialer Status interessieren?«

»Das sollte er, Schätzchen. Bis jetzt könntest du noch retten, was du dir hier aufgebaut hast. Aber wenn du weiterhin solche Ausraster auf Parkplätzen hinlegst … oder in Bistros« – sie flüsterte – »sagen wir so, was wir für dich tun können, hat seine Grenzen.«

Plötzlich kam Julie sich vor wie in einem völlig fremden Land.

Wer waren diese Menschen? Waren das dieselben Frauen, mit denen sie so viel Zeit bei Pärchenreisen und Wohltätigkeitsveranstaltungen verbracht hatte? Die sie für gute, wenn auch etwas langweilige Menschen gehalten hatte,?

Nein, es war viel, viel schlimmer. In diesem Moment wurde Julie bewusst, dass sie nicht in der Stadt bleiben konnte, und zwar nicht wegen ihres Rufs, sondern weil sie nicht wollte, dass andere von ihr hielten, was sie in diesem Moment von diesen Frauen hielt.

»Ich muss los«, hörte Julie sich sagen.

»Los? Aber wir haben noch nicht mal gegessen.« Heidi hielt die Speisekarte hoch, als wüsste Julie nicht, wie man Essen bestellt.

Julie stand auf und sah den Frauen der Reihe nach ins Gesicht, jede von ihnen war mit teuren Kosmetika geschminkt und vom örtlichen Schönheitschirurgen Dr. Kauffman aufpoliert worden. Sie waren nur leere Hüllen und suchten die Anerkennung von Menschen, denen sie eigentlich egal waren. War sie selbst die ganzen Jahre genauso gewesen? Hatte sie die Anerkennung dieser Frauen gesucht? Und die der Leute im Country Club? Und wozu? Was hatte das alles bedeutet? Das große Haus, die Haushälterin – auch wenn Julie sie liebte –, die teuren Autos?

Sie war allein. Ihre Ehe war offenbar nur eine Fassade gewesen. Ihre Kinder waren wundervoll, trotz allem, aber auch sie waren nicht hier. Wenn sie ein echtes, authentisches Leben führen wollte, musste sie fort von diesem Ort und diesen Menschen.

Ohne ein weiteres Wort wandte Julie sich ab und ging zu ihrem Auto. Mallory und Tiffany folgten ihr dicht auf den Fersen. »Wo willst du hin?«

Sie drehte sich zu ihnen um, und zum ersten Mal seit Wochen lächelte sie. »Ich werde meinen Traum leben.«

Sie stieg in den Wagen, drehte den Zündschlüssel um und überlegte, worin dieser Traum eigentlich bestand.

Sie konnte selbst nicht glauben, was sie da tat. Wer um alles in der Welt steckte sein ganzes Geld in ein abbruchreifes Strandhaus in einer fremden Stadt, ohne es auch nur ein Mal besichtigt zu haben?

Sie. Sie tat so etwas.

Sie hatte ganz eindeutig den Verstand verloren.

Meg machte sich Sorgen um sie und drohte fast täglich damit, nach Hause zu fliegen. Aber dieses Zuhause existierte nicht mehr.

Colleen hielt ihr jeden Abend Vorträge voller Therapievokabeln, die sie anscheinend im Internet aufgeschnappt hatte.

Aber aus irgendeinem Grund fühlte es sich richtig an. Auch wenn sie es völlig falsch angegangen war.

Und jetzt gab es kein Zurück mehr. Jetzt fuhr sie über die Brücke nach Seagrove, eine kleine Insel vor der Küste South Carolinas. Nur ein winziger Punkt auf der Landkarte. Als sie im Internet nach einem Grundstück gesucht hatte, war Seagrove Island mehrmals in ihrer Preisklasse aufgetaucht, aber die meisten Leute hatten noch nie davon gehört.

Einerseits war Julie natürlich skeptisch. Sie war immer ein sehr pragmatischer Mensch gewesen, für sie musste alles an seinem Platz sein und das Haus picobello. Ihrer Schwester Janine, mit der sie als Kind ein Zimmer geteilt hatte, waren solche Dinge eher egal gewesen. Sie war, wie Julie es später bezeichnen würde, ein »Messie im Anfangsstadium«, sie bewahrte einfach alles auf, jede Kinokarte, jedes Kaugummipapier mit einem Sinnspruch darauf, jedes Zettelchen, das ihre beste Freundin ihr in der siebten Klasse zugesteckt hatte.

Julie war da ganz anders. Sie wollte Ordnung haben, in ihrem Leben und ihrem Haus. Insofern war es gelinde gesagt respekteinflößend, sich ein renovierungsbedürftiges Haus aufzuhalsen, ohne selbst jemals auch nur einen Nagel in die Wand geschlagen zu haben.

Als sie über die Brücke nach Seagrove fuhr, war sie verblüfft, wie klein der Ort war. Das höchste Gebäude, das sie sah, hatte zwei Stockwerke. Die wenigen Häuser standen weit auseinander. Ihre kurze Recherche hatte ein paar Informationen über die Geschichte der Insel und die wichtigsten historischen Bauten ergeben, doch über das Leben dort wusste sie kaum etwas, denn hier wohnten nur hundert Menschen. Hundert. Konnte man bei so wenigen Menschen überhaupt von einer Stadt sprechen?

Sie ließ den Blick über die kleinen Tante-Emma-Läden schweifen und überlegte, wo sie hier Arbeit finden würde, wenn sie so weit wäre. Ein Lokal hieß »The Shrimp Shack«, aber das war nicht ganz die berufliche Laufbahn, die ihr vorschwebte. Die Jobsuche würde sich möglicherweise als schwieriger erweisen, als sie erwartet hatte. Zum Glück war das Haus ein echtes Schnäppchen gewesen, doch von ihrem restlichen Geld, was nicht mehr allzu viel war, würde sie die Reparaturen bezahlen müssen.

Wie meistens in den Sommermonaten, lief ihre Online-Boutique nicht gut, doch sie hatte immerhin genug für die Umzugsleute abgeworfen, die in der kommenden Woche ihre Sachen bringen würden. Im Augenblick hatte sie nur das dabei, was in ihr kleines Auto gepasst hatte, und das reichte ihr.

Mit einem Blick aufs Navi bog sie in die Straße ein, an deren Ende ihr Haus stand. Die Bäume zu beiden Seiten bildeten ein Dach aus Blättern, und von den Ästen hing dichtes Moos, sodass es darunter beinahe nachtdunkel war. Nur vereinzelte Sonnenstrahlen fielen auf die Straße wie kleine filigrane Kunstwerke.

Ihre Hände waren feucht vor Aufregung. Wenn das Haus nun unbewohnbar war? Oder voller Alligatoren oder anderer gefährlicher Viecher?

»Ihr Zielort befindet sich nach dreißig Metern rechts«, sagte die angenehme Frauenstimme des Navis. Julie wagte kaum hinzusehen.

Vor der kurzen Einfahrt hielt sie an und atmete tief durch, bevor sie endlich den Blick auf ihr neues Zuhause richtete. Es war nicht so schlimm, wie sie befürchtet hatte. Tatsächlich war es sogar ganz hübsch, mit den moosbedeckten Bäumen im Vorgarten, hinter denen sich das kleine weiße Haus wie ein Engel aus den dunklen Schatten abhob.

Die Insel war insgesamt nur fünf Kilometer lang und an den meisten Stellen nur knapp einen Kilometer breit. Auf der einen Seite lag der Atlantik, auf der anderen Priele und Sümpfe. Ihr kleines Haus stand am Rande des Marschlands, was nicht unbedingt das war, was sie sich vorgestellt hatte, aber das Meer lag nur ein paar Meter entfernt, am Ende des Waldwegs.

Direkte Nachbarn hatte sie nicht, da das Haus an der Inselspitze in einem so gut wie unbewohnten Gebiet stand. Der Makler hatte ihr erklärt, die meisten Interessenten wollten in Strandlage kaufen, weshalb die Häuser dort nur selten zum Verkauf standen. Und wenn es doch geschah, waren die Preise, selbst für renovierungsbedürftige Objekte, mehr als doppelt so hoch wie das, was Julie bezahlt hatte.

Ein Neuanfang bedeutete Kompromisse, und wenn sie sich mit Moskitos herumschlagen und nach Alligatoren Ausschau halten musste, um so nah am Meer wohnen zu können, dann nahm sie das gern in Kauf.

Sie stieg aus und ließ den Blick über ihr Grundstück schweifen, während sie den kurzen Kiesweg der Einfahrt entlanglief. Es war nicht viel, aber es gehörte ihr. Bis jetzt war sie stolz auf ihren Kauf. Es war das Erste, was sie als Erwachsene ganz auf eigene Faust tat – von ihrem Elternhaus war sie ins Studentenwohnheim gezogen und von dort wiederum direkt in das gemeinsame Haus mit Michael. Sie hatte noch keinen Tag allein gelebt.

Als sie die kleine Veranda betrat, fielen ihr sofort das morsche Holz und die vielen Löcher auf. Das kam ganz nach oben auf die Reparaturliste, schließlich hatte sie keine Lust, in den Boden ihrer eigenen Veranda einzubrechen. Wer weiß, was sich darunter befand.

Begleitet von den Geräuschen von Vögeln und Insekten, die ihr völlig fremd waren, drehte sie den Schlüssel im Schloss. Auch daran würde sie sich gewöhnen müssen. Die Landschaft hier war wie aus einem Buch oder Film, alles war voller Pflanzen, die Julie noch nie in echt gesehen hatte.

Wegen des Alters und abblätternder Farbe klemmte die Tür. Julie musste sich dreimal mit der Schulter dagegenstemmen, und als sie endlich aufging, schlug ihr eine Staubwolke entgegen wie das Pulver aus einem Feuerlöscher.

»Igitt«, sagte sie. Sie rieb sich den Staub aus den Augen und öffnete sie. Vor ihr lag ein heilloses Schlachtfeld von einem Haus. Das Äußere hatte getäuscht. Das Gebäude war eine Bruchbude mit Löchern im Boden, Staub und gelben Blütenpollen auf sämtlichen Oberflächen und irgendeinem unangenehmen Geruch, den sie nicht genau identifizieren konnte.

»Oh mein Gott …« Sie zog das letzte Wort in die Länge und ging von einem Raum zum anderen, um einen sicheren Platz zum Schlafen zu finden. Unmöglich. Dieses Haus brauchte eine gründliche Reinigung, bevor sie auch nur daran denken konnte, hier zu übernachten. Außerdem gab es kein Bett, keine Klimaanlage und keinen Strom. Wie hatte sie so naiv sein können, zu glauben, sie könnte auch nur eine einzige Nacht hier verbringen? Hatte sie ihr ganzes Geld für eine lebensgefährliche Müllhalde rausgeschmissen, die niemand sonst hatte haben wollen?

Verzweifelt trat sie hinaus auf die hintere Veranda, die seltsamerweise frisch renoviert aussah, und starrte in die Sumpflandschaft. Die Sonne ging gerade unter, und der Himmel leuchtete in Rosa und Orange, als hätte Gott persönlich ihn gemalt. Bei diesem Anblick konnte Julie ihre Emotionen nicht länger zurückhalten und fing an zu weinen.

Sie weinte, weil dieses Haus nicht annähernd bewohnbar war.

Sie weinte, weil ihre Ehe vorbei war.

Sie weinte, weil dieser Himmel sie sogar angesichts dieses heillosen Wracks von einem Haus daran glauben ließ, dass alles möglich war.

Möglich, wenn auch nicht wahrscheinlich. Aber was hatte sie noch zu verlieren?

Viertes Kapitel

Julie fuhr über die Insel, bis sie ganz am anderen Ende endlich ein kleines Hotel entdeckte. Das Haus sah nicht wesentlich größer aus als ihr eigenes, aber es war in makellosem Zustand, und davor stand ein Denkmalschutzschild. Die Besitzer mussten es sehr sorgfältig instand halten. Das cremefarbene Holz war mit marineblauen Zierleisten und Fensterläden abgesetzt, und das Meer gab den perfekten Postkartenhintergrund ab. Das komplette Gegenteil des Anblicks, den ihr eigenes Grundstück bot.

»Lancaster House« stand auf dem Schild am Ende der Straße. Außerdem stand da, dass das Haus 1918 erbaut worden war, dabei sah es aus wie neu.

Im Fenster hing ein Schild mit der Aufschrift »Geöffnet«, und im Eingangsbereich spendeten einige Lampen ein warmes orangefarbenes Leuchten, andere Lichtquellen gab es nicht, abgesehen von der schnell sinkenden Sonne. Julie stieg aus dem Auto, schwang sich die Tasche über die Schulter und betete auf den Stufen zur Tür, das Hotel möge ein Zimmer für sie frei haben.

Die Insekten im Marschland wurden immer lauter, offenbar stimmten sie das große Chorkonzert an. Wieder dachte Julie daran, dass sie sich an die ganzen neuen Geräusche, Farben und Gerüche erst würde gewöhnen müssen.

Die Tür wurde geöffnet, und vor ihr stand ein Mann, vielleicht etwas jünger als sie. Auf seinen Zügen lag, was ihre Großmutter ein »träges Lächeln« genannt hätte, ein Mundwinkel ein wenig höher gezogen als der andere. Er lehnte in der offenen Tür, eine Hand an den oberen Balken gelegt. Er trug Khakishorts, ein hellblaues T-Shirt und keine Schuhe.

»Kann ich Ihnen helfen?«, fragte er mit einem tiefen Südstaatenakzent. Er klang wie geradewegs aus *Vom Winde verweht* entsprungen, Julies absolutem Lieblingsfilm. Wenn Rhett Butler vor ihr stünde – und keine Romanfigur wäre –, sie würde ihn immer noch vom Fleck weg heiraten.

»Ja, ich bin Julie. Ich habe das Haus am anderen Ende der Insel gekauft.«

»Ach, das Haus in der Bucht?«

Das Haus in der Bucht, das klang hübsch. Sie hätte eher gesagt, sie hatte einen lebensgefährlichen Haufen Bauschutt an einem Waldweg gekauft, aber das wäre nicht halb so charmant.

»Genau.«

Er sah sie lächelnd an. »Geht die Geschichte noch weiter?«

Sie war so müde. Und ihr war heiß. Und sie klebte. Warum war es hier so schwül?

»Tut mir leid, war ein ziemlich langer Tag. Ich suche ein Zimmer für heute Nacht.«

»Können Sie denn nicht in Ihrem Haus schlafen?«

Sie schüttelte den Kopf. »Das ist … nicht ganz so bewohnbar, wie ich erwartet hatte.«

Er lachte leise. »Sie meinen, Sie haben es vor dem Kauf nicht besichtigt?«

Sie ließ den Kopf hängen. »Nein, habe ich nicht. Ich musste

etwas … kurzfristig umziehen. Da bin ich das Risiko eingegangen.«

»Aha. Muss ich mir Sorgen machen, dass Sie vor irgendetwas auf der Flucht sind? Wegen der überstürzten Abreise, meine ich?«

Himmel, der Mann hatte wirklich eine schöne Stimme. Sie weckte in Julie den Wunsch, sich augenblicklich in eine Hängematte zu legen und einen Mint Julep zu schlürfen.

»Nein, auf der Flucht bin ich nicht. Haben Sie ein Zimmer frei?«

»Sicher. Kommen Sie doch rein.« Er öffnete die Tür ein Stück weiter und winkte Julie herein. »Warten Sie, ich nehme Ihnen die Tasche ab.«

Ohne ihre Antwort abzuwarten, nahm er ihr die Tasche von der Schulter und schloss die Tür hinter ihr. Ihr kam der Gedanke, dass sie mit dem attraktivsten Mann, den sie je in echt gesehen hatte, jetzt ganz allein in einem Haus auf einer spärlich besiedelten Insel war. Das war wie in diesen Krimiserien im Fernsehen, über die Julie immer bloß den Kopf schüttelte.

»*Warum war die Frau so blöd, dem Mann zu glauben und in sein Auto zu steigen?*«

»*Wer wäre so blöd, allein ins Haus eines Fremden zu gehen?*«

Tja, jetzt war sie wohl eine dieser blöden Frauen, über die sie sich immer gewundert hatte.

»Lucy?«, rief der Mann, und bevor Julie fragen konnte, wer das war, tauchte eine Frau auf. Sie trug ein schlichtes geblümtes Hauskleid und sah aus, als käme sie direkt von Hawaii.

»Ja?«

»Wir haben einen unerwarteten Gast. Zeigst du ihr die Savannah-Suite?«

Hier gab es Suiten? Dafür sah das Haus gar nicht groß genug aus.

»Na klar«, sagte sie mit genauso breitem Akzent wie er. »Komm mit, Herzchen.« Der Mann reichte ihr Julies Tasche. Lucy war eine große Frau mit üppigen Kurven, etwa so alt wie Julies Mutter, vielleicht etwas älter. Ihre Haut hatte die Farbe von Latte Macchiato, Julies Lieblingsgetränk, und ihre Augen waren mitternachtsschwarz. Julie wünschte, ihr eigener hellweißer Teint – den ihre Großmutter »Porzellanhaut« genannt hatte – würde je auch nur eine Nuance dunkler als »Eierschale« werden, doch sie wurde allerhöchstens krebsrot. Und dann pellte sie sich wie ein Leguan und war wieder schneeweiß.

Sie folgte Lucy die schmale Treppe hinauf und durch einen Flur bis zu ihrem Zimmer. Die Einrichtung war perfekt auf die Stilepoche des Hauses abgestimmt, und Julie wünschte sich, sie hätte dieses Haus gekauft statt der Müllkippe am anderen Ende der Insel.

Vielleicht brauchte sie nur ein bisschen Schlaf. Vielleicht würde morgen alles schon viel besser aussehen – und sich besser anfühlen. Das Problem war nur, dass sie nicht müde war. Sie war mental erschöpft. Ihr taten die Knochen weh. Aber Schlaf würde sie in den nächsten Stunden noch nicht finden. Und sie hatte noch nicht mal zu Abend gegessen.

»Hey, Lucy?«, fragte sie die Frau, als diese das Zimmer gerade verlassen wollte.

»Ja, Liebes?«

»Ich habe ein bisschen Hunger, gibt es hier ein Restaurant?« Hoffentlich gab es noch etwas anderes als »The Shrimp Shack«. Der Laden hatte nicht allzu vertrauenserweckend ausgesehen.

Lucy schmunzelte. »Es gibt ein paar, aber um diese Uhrzeit hat nichts mehr offen.«

Julie sah auf die Uhr in ihrem Handy. Es war gerade mal halb neun.

»Die haben nicht zum Abendessen geöffnet?«

»Schätzchen, zu Abend gegessen wird hier um sechs. Jetzt haben längst alle Lokale geschlossen. Haben Sie noch nie auf einer Insel gelebt?«

Julie schüttelte den Kopf. »Nein, Ma'am.«

»Nun, dann werden Sie sich an einen anderen Lebensstil gewöhnen müssen. Inselzeit läuft völlig anders als normale Zeit. Wir machen hier früh Feierabend und gehen nach Hause, um die Geräusche aus den Sümpfen und den Blick auf das mondbeschienene Meer zu genießen. Arbeit ist hier nicht das Wichtigste für uns.«

Julie lächelte. »Die Einstellung gefällt mir.«

»Wenn Sie Hunger haben, kann ich Ihnen mit dem Roastbeef vom Abendessen ein Sandwich machen.«

»Oh, das klingt wunderbar.«

»Dann kommen Sie einfach runter, wenn Sie hier fertig sind. Ich bereite Ihnen etwas zu.« Lucy zog die Tür hinter sich zu, und Julie stand allein in dem Zimmer und sah sich um.

Ihr kam der Gedanke, dass sie derzeit obdachlos war. Sicher, sie hatte ein Haus gekauft, aber was hatte sie davon, wenn sie dort nicht wohnen konnte? Und sie konnte es sich nicht leisten, wochenlang in diesem Hotel zu bleiben.

Sie musste über so vieles nachdenken, hatte so viele Sorgen, aber jetzt musste sie erst einmal etwas in den Magen bekommen.

Julie saß am Esstisch in dem schwach beleuchteten Raum. Der schwere Tisch sah aus, als wäre er erst kürzlich gebaut worden, passte aber zum Stil der übrigen Möbel. An den Wänden hingen noch die Originaltapeten, und die Decke war mit üppigem Stuck gesäumt. Das Haus war zwar klein, doch die hohen Decken ließen es geräumig wirken.

Auf dem Tisch stand eine Vintage-Vase voller leuchtend bunter Blumen, deren Namen Julie nicht kannte. In einer beleuchteten Eckvitrine wurden antike Teller ausgestellt, manche mit Sprüngen und abgeplatzten Stellen. Für jemanden ohne ein Zuhause fühlte sich hier alles sehr heimelig an.

»Hier, bitte sehr, Liebes.« Lucy stellte den Teller vor sie auf den Tisch.

»Oh, wow, meine Großmutter hatte die gleichen Teller«, sagte Julie. Lächelnd erinnerte sie sich daran, wie sie von solchem Geschirr den berühmten Früchtekuchen ihrer Oma gegessen hatte.

Lucy lächelte. »Erinnerungen sind wohltuend, wenn man sich ein wenig verloren fühlt, nicht wahr?«

Julie nickte. »Sehe ich so verloren aus?«

»Das will ich doch meinen. Wie ein Fisch auf dem Trockenen.« Sie schmunzelte.

»Ich bin wohl keine allzu gute Schauspielerin.«

»Das geschieht uns allen mal. Aber diese Insel hat etwas an sich, das uns wieder zu uns selbst führt.«

»Hoffentlich auch mich.«

Lucy schenkte Julie ein Glas Sweet Tea ein. »Lassen Sie die Zeit und die Insel nur machen.«

Als Julie sie so reden hörte, die Autorität und Weisheit in ihren Worten, vermisste sie ihre Großmutter, die sie liebevoll Gigi genannt hatte.

Bei Gigi hatte sie sich selbst in den schlimmsten Momenten immer sicher und geborgen gefühlt. Auch Jahre nach ihrem Tod vermisste Julie sie immer noch jeden Tag.

»Wenn ich sonst nichts für Sie tun kann, gehe ich jetzt in die Küche und räume weiter auf«, sagte Lucy lächelnd.

»Oh, bitte, ich wollte Sie nicht von der Arbeit abhalten. Aber ich bin sehr dankbar für das Sandwich. Setzen Sie es bitte auf meine Rechnung.«

Lachend schüttelte Gigi den Kopf. »Sie wissen wirklich nicht, wie das Leben hier auf der Insel läuft, was?« Noch immer lachend verschwand sie durch die Schwingtür in der Küche.

Vielleicht verstand Julie das Leben auf der Insel tatsächlich noch nicht.

»Wie ist das Sandwich?«, hörte sie eine Stimme hinter sich. Da war der Mann wieder. Diesmal lehnte er im Türrahmen zum Nebenraum. Lehnte er immer an irgendwas?

»Großartig, vielen, vielen Dank. Ich habe Lucy gesagt, sie soll es mir auf die Rechnung setzen.«

Er lachte, genau wie Lucy.

»Was ist so lustig?«

Der Mann setzte sich zu ihr an den Tisch. Im gedämpften orangefarbenen Licht, das einige Öllampen und die Kerze in der Tischmitte spendeten, sah er aus wie ein lebendig gewordener Held aus einem Liebesroman. Die braunen Haare reichten ihm fast bis zu den Schultern. Michael hatte sich die Haare nie länger als bis zu den Ohren wachsen lassen, was ihn fast schon spießig und streberhaft wirken ließ.

Die braunen Haare waren von helleren Strähnen durchzogen, als hätte er sich sein Leben lang jeden Tag gesonnt. Und das sonnenverwöhnte Goldbraun seiner Haut übertraf alles, was Julie auf Sonnenmilchflaschen in der Drogerie gesehen hatte.

»Hier auf Seagrove legen wir viel Wert auf Gastfreundlichkeit. Sandwiches gehen aufs Haus, vor allem für Neuankömmlinge in unserer kleinen Oase.«

»Wirklich? Danke schön! Ich weiß nicht, was ich gemacht hätte, wenn ich dieses Hotel nicht gefunden hätte. Was kostet eine Übernachtung hier? Ich kann gern meine Kreditkarte hinterlegen …«

»Wir nehmen keine Kreditkarten.«

»Nur Bargeld?«

Er lächelte, der eine Mundwinkel hob sich weiter als der andere. »Wie heißen Sie noch mal?«

»Julie.«

»Also, Julie. Ich bin Dawson Lancaster.« Er schüttelte ihr über den Tisch hinweg die Hand. Seine Hände waren groß, genau wie er. Wenn sie ihm auf der Straße begegnet wäre, hätte sie ihn nie für einen Hotelier gehalten, eher für einen Holzfäller, weil er so groß und muskulös gebaut war.

»Ach, daher Lancaster Inn. Wie lange haben Sie das Hotel schon?«

»Es gehört meiner Familie schon seit Generationen. Ich bin hier aufgewachsen. Man kann wohl sagen, diese Insel liegt mir im Blut.«

»Kommen viele Gäste hierher?«

»Hierher? Oh nein. Nur ab und zu mal ein Tourist, der Alligatoren zu sehen kriegen will.«

»Vielleicht müssten Sie mehr Werbung machen? Bestimmt würden die Leute das Hotel lieben, wenn sie wüssten, wie wunderhübsch es hier ist.« Wieder lächelte er; fast kam es ihr vor, als hätten er und Lucy ein Geheimnis. »Okay, was ist so lustig?«

Das wurde langsam beunruhigend, Julie begann sich unwohl zu fühlen. Außerdem war ihr heiß, sie war verschwitzt und müde und wollte sich am liebsten in ihr Zimmer zurückziehen und in der freistehenden Badewanne ein kaltes Bad nehmen.

»Nun, Miss Julie, ich sage es Ihnen nur ungern, aber das Hotel ist schon seit den Achtzigern nicht mehr in Betrieb, damals hat meine Großmutter es geführt, und ich hatte mein Zimmer oben auf dem Dachboden.«

Einen langen Augenblick starrte sie ihn an. »Ich verstehe nicht. Draußen im Fenster hängt ein »Geöffnet«-Schild.

»Das hängt da im Gedenken an Granny. Sie war eine Seele von Mensch und hätte unter Garantie nie jemanden weggeschickt.«

»Warum haben Sie mir nicht einfach gesagt, dass Sie nicht geöffnet haben?« Das Ganze war ihr jetzt furchtbar peinlich. Sie war praktisch in das Privatleben dieses Fremden eingedrungen und hatte sich selbst eingeladen, die Nacht bei ihm zu verbringen – oder mehrere Nächte.

»Der Geist meiner Granny hätte mir für den Rest meiner Tage keine Ruhe mehr gelassen, wenn ich Sie abgewiesen hätte. Vor allem, da Sie unsere neue Nachbarin sind.«

»Das tut mir alles so leid.« Julie wollte aufstehen. »Ich werde zurück aufs Festland fahren und mir da ein Hotel suchen.«

Er erhob sich ebenfalls. »Nein, tun Sie das nicht. Wir freuen uns über die Gesellschaft. Ich habe Ihnen das nur erzählt, weil Sie so entschlossen schienen, für die Übernachtung zu bezahlen, und ich möchte kein Geld von Ihnen.«

Langsam setzte sich Julie wieder. Sie war froh, nicht fortzumüssen, wenigstens nicht mehr heute Abend. »Also gut, aber gleich morgen in aller Frühe sind Sie mich wieder los, versprochen.«

»Ich glaube nicht, dass das funktioniert.«

»Warum nicht?«

»Auf dem Festland startet morgen die Rally. In der nächsten Woche sind unter Garantie alle Hotels ausgebucht.«

»Was für eine Rally?«

»Motorrad. Gibt's hier jedes Jahr. Da geht es drüben völlig verrückt zu. Selbst wenn Sie ein freies Zimmer bekommen, würde ich einer Dame nicht empfehlen, zu dieser Zeit allein dort zu übernachten.«

Sie wusste nicht recht, ob sie beleidigt sein sollte, weil er ihr nicht zutraute, sich zu verteidigen, oder ob sie sich von diesem völlig Fremden beschützt fühlen sollte.

»Das ist alles eine einzige Katastrophe«, stöhnte Julie. Sie ließ den Kopf in die Hände fallen – und beinahe auf ihr Sandwich.

»Sie meinen das Haus?«

»Ich habe einen unglaublichen Fehler gemacht. Und ich kann mir nicht leisten … warum erzähle ich Ihnen das alles? Ich bin ein furchtbarer Gast.«

Er lächelte. »In dieser Ecke der Insel bekommt man nicht oft Besuch. Ein bisschen Unterhaltung tut mir ganz gut. Also, erzählen Sie es mir: Warum haben Sie das Haus gekauft, ohne es sich vorher anzusehen?«

Sie seufzte. »Ich stecke mitten in einer Scheidung, die ziemlich unerwartet kam. Das Haus, in dem wir so viele Jahre zusammen gewohnt haben, ist verkauft, und von meiner Hälfte des Geldes habe ich mir etwas hier auf der Insel gekauft. Es war nicht teuer, und jetzt weiß ich auch, warum. Aber ich habe eben immer von einem Haus direkt am Strand geträumt.«

Dawson lächelte. »Sie werden das Grundstück lieben, und das Haus muss nur ein bisschen rausgeputzt werden.«

Sie verdrehte die Augen. »Das ist sehr vorsichtig ausgedrückt. Ich hatte fast einen Nervenzusammenbruch, als ich zum ersten Mal drin war.«

Er schmunzelte. »Ach, ich hab schon Schlimmeres gesehen. Da fehlt nur ein bisschen Fantasie und Muskelkraft.«

»Kennen Sie hier vielleicht Handwerker, an die ich mich wenden kann? Aufräumen und putzen kann ich größtenteils selbst, aber für einige Arbeiten werde ich Angebote einholen müssen.«

»Klar. Hier müsste irgendwo eine Visitenkarte sein. Ich lege sie Ihnen auf den Tisch am Eingang, wenn ich sie finde.«

»Okay, danke. Ich weiß Ihre Gastfreundschaft wirklich zu schätzen, Dawson. Ich fühle mich ein bisschen wie ein Fisch auf dem Trockenen.«

»Machen Sie sich keine Sorgen, Julie. Die Insel lässt niemanden wieder los. Sie gewöhnen sich schon noch ein, und dann werden Sie gar nicht mehr wegwollen.«

»Hoffentlich haben Sie recht.«

Fünftes Kapitel

Mit einem mulmigen Gefühl im Bauch fuhr Julie zurück zu ihrem neuen Haus. Was hatte sie getan? Was würden ihre Freundinnen zu Hause dazu sagen? Wo war jetzt ihr Zuhause?

In Wirklichkeit hatte sie keine Freundinnen, auf die sie hätte zählen können, und ihr altes Zuhause existierte nicht mehr. Jetzt war Seagrove ihr Zuhause, auch wenn das die zweitgrößte Katastrophe ihres Lebens zu sein schien – auf dem ersten Platz lag immer noch Michael.

Sie war früh aufgestanden, hatte Dawson eine Notiz geschrieben, in der sie sich für alles bedankte, und sich dann aus dem Hotel geschlichen. Auf dem Tisch neben der Eingangstür lag eine Visitenkarte von Seagrove-Bau, und sie nahm sich vor, dort und bei mindestens zwei weiteren Firmen Kostenvoranschläge für die notwendigen Arbeiten einzuholen.

Vom Hotel aus war sie zuerst in den nächsten großen Baumarkt auf dem Festland gefahren, um alles einzukaufen, was sie zum Überleben in ihrem Haus brauchen würde, bis es richtig bewohnbar war. Ihr kleines Auto war jetzt vollgestopft mit einer aufblasbaren Matratze, Bettwäsche, einigen batteriebetriebenen Ventilatoren und Laternen sowie einem kleinen Backofen.

Es würde wie Camping in ihrem eigenen Haus sein. Manchmal kroch die Wut in ihr hoch, wenn sie daran dachte, warum sie überhaupt in dieser Lage war. Michaels Untreue. Und jetzt ließ er es sich in Boston mit seiner Verlobten und dem Kleinen gut gehen. Während sie im Sumpf lebte und in ihrem eigenen Wohnzimmer kampieren musste. Was für ein Leben.

Ihren beiden Töchtern hatte sie per Textnachricht von dem neuen Haus erzählt. Wobei sie das Ganze natürlich ziemlich heruntergespielt hatte. Aber Colleen kaufte es ihr nicht ab und quetschte sie aus wie beim Kreuzverhör.

»Ich komme vorbei und helfe dir«, hatte sie gesagt.

»Nein, ich brauche keine Hilfe, Liebes. Ich bin eine erwachsene Frau, und ich kann Leute engagieren, um es instand zu setzen. Ich komme schon zurecht.«

Noch während sie das tippte, war ihr bewusst, dass sie einen harten Kampf vor sich hatte. Aber auf keinen Fall durften ihre Töchter ihr eigenes Leben auf Eis legen, um ihr zu helfen. Und außerdem wollte sie beim schlimmsten Nervenzusammenbruch ihres Lebens lieber allein sein.

Den ganzen Tag lang putzte Julie das Haus von oben bis unten, sie wollte zumindest den Staub und das Ungeziefer loswerden, das zurzeit darin wohnte. Sie schrubbte Wände, wischte Böden und kippte Bleiche auf jede Oberfläche, die das verkraftete.

Es gab Momente, in denen Sie an ihrem Verstand zweifelte. Warum gab sie nicht einfach auf? Bestimmt konnte sie das Haus wieder verkaufen. An jemanden, der handwerklich geschickter war. Oder verrückter. Oder genauso blöd wie sie.

»Das dürften mindestens sechs Monate Arbeit werden, Ma'am.«

»Was? Sechs Monate?« Sie starrte den Bauunternehmer an, der in ihrem Wohnzimmer stand. Er war etwa so hoch wie breit und roch wie ein ganzes italienisches Restaurant. Sie überlegte, ob es nur deshalb so lange dauern würde, weil er nicht genug Puste hatte, um schneller zu arbeiten.

»Wir müssen die Löcher im Boden verschließen, die Wände reparieren, die Veranda neu aufbauen.« Während er alles auflistete, was zu tun war, schweiften Julies Gedanken ab. Es kam überhaupt nicht infrage, jemanden für ein halbes Jahr in ihr Haus zu lassen.

»Vielen Dank für Ihr Kommen, aber ich glaube, das passt nicht.« Sie begleitete ihn zur Tür und öffnete sie.

»Meinetwegen. Aber viel Glück. Das Ding ist ein Fass ohne Boden.« Brummelnd stapfte der Mann an ihr vorbei und ging zu seinem Wagen.

»Ganz toll, erzählen Sie mir was, das ich noch nicht weiß«, rief sie ihm nach und knallte die Tür zu.

Als der Mann außer Hörweite war, schrie sie ihren Frust so laut heraus, dass dem Reiher, der hinter ihrer erbärmlichen kleinen Oase lebte, vermutlich angst und bange wurde.

»Huch, alles okay mit Ihnen?«, fragte jemand hinter ihr, und als sie sich umdrehte, sah Sie Dawson in der Eingangstür stehen.

Julie seufzte. »Tut mir leid, ich hab Sie nicht gesehen. Kennen Sie vielleicht auch einen Makler?«

»Klar, wieso?«

»Ich dachte, ich verkaufe das Haus wieder und versuche, wenigstens einen Teil meiner Investition zu retten.« Sie ließ sich auf den Boden sinken und lehnte den Kopf an die Wand.

Dawson schmunzelte. »Kein guter Tag bis jetzt?«

»Heute waren zwei Bauunternehmer hier, und beide liegen weit über meinem Budget und haben mehrere Monate Arbeit veranschlagt. Einen treffe ich noch, und wenn er dasselbe sagt, verkaufe ich die Bude und suche das Weite.«

Er schritt durch den Raum und sah sich um. »Hier ist viel zu tun, aber das Haus hat eine solide Substanz. Früher hat es mal den Gilberts gehört. Nettes älteres Ehepaar. Hatten nie Kinder. Ich hab als Schüler damals den Rasen für sie gemäht.«

»Warum sind sie weggezogen?«

»Mrs Gilbert bekam Alzheimer, und da sind sie näher zu ihrer Nichte in Orlando gezogen. Soweit ich weiß, sind sie irgendwann zusammen in ein Pflegeheim gegangen. Wahrscheinlich weilen sie schon lange nicht mehr unter uns.« Einen Moment lang betrachtete er die Wandverkleidung, ehe er sich wieder Julie zuwandte.

Sie stemmte sich vom Boden hoch, was nach dem stundenlangen Schrubben gar nicht so leicht war. »Ich fürchte, ich habe mich übernommen. Ich habe doch überhaupt keine Ahnung davon, wie man ein Haus renoviert – und schon gar nicht so eines.«

»Ach, so schwer ist das gar nicht, ehrlich. Im Laufe der Jahre mussten wir auch einiges im Hotel renovieren. Man muss sich ein bisschen mehr Gedanken machen, weil es historische Häuser sind. Aber es lohnt sich, sie zu erhalten.«

Julie lächelte traurig. »Da haben Sie bestimmt recht, aber ich bin hier völlig überfordert. All die Geräusche und Gerüche im Marschland sind mir fremd, ich kenne die Namen der Vögel nicht. Ich weiß nicht, wie man an so einem Ort überlebt.« Als ihr bewusst wurde, wie allein sie war, musste sie gegen die Tränen ankämpfen.

Dawson kam auf sie zu und legte ihr die Hände auf die Schultern. Die Berührung fühlte sich überraschend angenehm und vertraut an. Michael hatte das in Krisensituationen auch oft gemacht, und sie hatte sich dann stets sicher und geborgen gefühlt. Doch jetzt machte er das mit einer anderen, während Julie irgendwo mitten im Wald die Berührung eines völlig Fremden genoss.

»Ich helfe Ihnen.«

Sie schmunzelte. »Danke. Ich weiß das Angebot wirklich zu schätzen, aber das kann ich Ihnen nicht zumuten. Diese Aufgabe ist einfach viel zu groß.«

Dawson trat einen Schritt zurück, räusperte sich und streckte ihr die Hand entgegen. »Hi, ich bin Dawson Lancaster.«

Julie starrte ihn an. »Ja, das weiß ich …«

»Mir gehört Seagrove-Bau. Wir haben einen Termin um zwei Uhr. Ich bin ein bisschen zu früh dran, entschuldigen Sie.«

»Moment, was?«

Dawson lächelte. »Die Karte, die ich Ihnen gegeben habe, war meine. Ich hoffe, das war okay?«

»Ja, natürlich war es das. Und es ist wirklich nett, dass Sie gekommen sind, aber Sie sollen sich nicht verpflichtet fühlen …«

»Julie?«

»Ja?«

»Darf ich mich wenigstens umsehen und Ihnen meine Einschätzung geben, bevor Sie versuchen abzulehnen?«

Sie lachte. »Klar, Entschuldigung. Fangen wir doch in der Küche an.«

In der folgenden halben Stunde zeigte sie ihm das Haus von innen und außen, wies auf jeden Mangel hin und seufzte so viel, dass ihr ganz schwindelig wurde. Als sie fertig waren, setzten sie sich auf die alte gusseiserne Bank auf der hinteren Veranda und blickten ins Marschland.

»Also, hier ist meine Kostenschätzung.« Er reichte ihr ein Blatt Papier, auf dem er sich die ganze Zeit Notizen gemacht hatte. »Und ich gehe davon aus, dass ich etwa drei Monate brauchen werde.«

Sie starrte mit großen Augen auf das Blatt Papier. »Dawson, das ist die Hälfte von dem, was die beiden anderen veranschlagt haben. Ich kann nicht zulassen, dass Sie bei diesem Job draufzahlen.«

Er lächelte. »Dann haben die beiden anderen Sie über den Tisch gezogen. Das ist ein faires Angebot. Ich hoffe, Sie ziehen es in Betracht.«

»In Betracht ziehen? Soll das ein Witz sein? Ich würde am liebsten aufspringen und tanzen.«

»Mein Taktgefühl ist zwar nicht das beste, aber meinetwegen, legen wir los!« Er stand auf und machte ein paar Discoschritte.

»Oh Gott, bitte nicht«, sagte sie lachend. Sie erhob sich und blickte zu ihm auf. »Ernsthaft: Vielen Dank! Ich hatte wirklich schon mit dem Gedanken gespielt, das Haus einfach zu verlassen. Aber jetzt habe ich die leise Hoffnung, aus diesem Ort etwas machen zu können.«

»So etwas wie einen Neuanfang?«

»Ja, vermutlich.«

»Ich mag dich, Julie. Ich glaube, du wirst ein großer Gewinn für unsere kleine Insel sein. Also, willkommen zu Hause.«

Sie blickte wieder hinaus in die Sümpfe, und mit einem Mal sah das alles gar nicht mehr so schlimm aus. Vielleicht würde sie sich doch noch an dieses neue Leben gewöhnen.

Es war gar nicht so einfach, in einem Haus Schlaf zu finden, das schon vor Jahren hätte abgerissen werden sollen, dachte Julie, als sie aus ihrem Zelt kroch und wieder in ihrem persönlichen Fass ohne Boden stand. Heute Morgen quälten sie die Sorgen nicht mehr so schlimm wie noch am Tag zuvor. Dawson schien sehr zuversichtlich zu sein, diese Bruchbude in ein richtiges Zuhause verwandeln zu können. Sie war froh, einen Freund wie ihn gefunden zu haben. Ohne ihn wäre die Einsamkeit einfach zu groß.

Sie schlurfte zur Küchentheke und blieb mit ihren Flauschpantoffeln immer wieder an den scharfen vorstehenden Kanten des Parketts hängen. Barfuß hätte sie schon nach zwei Schritten lauter Holzsplitter in der Haut gehabt. Wie es aussah, brauchte wirklich jeder Zentimeter ihres neuen Heims reichlich liebevolle Zuwendung. Dawson würde sich jeden Cent, den sie ihm zahlte, hart erarbeiten müssen.

Als sie gerade die Flasche Iced Coffee aus der Kühlbox holen wollte, die sie gestern in der Stadt gekauft hatte, klopfte es an der Tür.

»Ich hatte nicht damit gerechnet, dass du so früh …« Sie riss die Tür auf und erwartete, Dawson davorstehen zu sehen. Doch stattdessen krampfte sich ihr Magen zusammen, als sie in das Gesicht blickte, mit dem sie hier am wenigsten gerechnet hätte. »Mom?«

SuAnn, der Mensch mit dem größten Putzfimmel der Welt, starrte mit offenem Mund an Julie vorbei ins Innere des Hauses. »Ach, du meine Güte, was um alles in der Welt …« Sie sah ihre Tochter nicht einmal an. Stattdessen schlug sie sich die perfekt manikürte Hand vor den Mund, als hätte sie gerade beobachtet, wie sich der Priester von der Dorfprostituierten abschleppen ließ.

»Was hast du hier zu suchen, Mutter? Woher weißt du überhaupt …?«

»Colleen hat mich angerufen. Und das war gut so! Du bist obdachlos? Ach, du meine Güte, was würde dein Vater dazu sagen? Gott sei Dank ist er schon tot, das würde ihn sonst umbringen.«

»Okay, das war jetzt nicht so wirklich logisch. Und ich bin nicht obdachlos, Mutter. Ich habe dieses Haus gekauft und renoviere es.«

SuAnn lachte. »Schätzchen, du hast keine Ahnung vom Renovieren.«

»Sie nicht, aber ich schon«, sagte Dawson hinter ihr.

Erschrocken fuhr Julie herum. Wollte sie heute Morgen etwa jeder zu Tode erschrecken? »Dawson, wie bist du reingekommen?«

»Durch die Hintertür. Hab gesehen, dass du Besuch hast, und wollte nicht stören.«

»Aber ich hatte doch abgeschlossen.«

Er lachte. »Das Schloss ist kaputt. Das repariere ich als Erstes.«

Sie lächelte. Die Art Lächeln, die man aufsetzt, wenn man gerade entführt wird und versucht, ein Signal zu geben.

»Ich fange in der Küche an, wenn das okay ist«, sagte er, und Julie nickte.

Dann wandte sie sich wieder an ihre Mutter. SuAnn schüttelte den Kopf. »Ist es nicht ein bisschen früh dafür?«

»Wofür?«

»Mit irgendeinem Nichtsnutz in wilder Ehe zu leben? Sicher, Michael hat dich abserviert, aber wer ist dieser Kerl? Ein Klempner, oder was?«

Julie trat auf die Veranda hinaus und schloss die Tür hinter sich. »Also wirklich, Mutter! Er ist mein Handwerker. Heute fangen die Renovierungsarbeiten an. Tut mir leid, dass Colleen dich angerufen hat – du kannst mir glauben, darüber werde ich noch mit ihr reden. Aber mir geht es gut. Und im Moment habe ich wirklich keine Zeit, mich um Gäste zu kümmern.«

SuAnn fasste sich ans Herz. »Gute Güte, hier würde ich sowieso nicht bleiben. Ich wohne drüben im Cambridge House. Wunderhübsches Hotel, sehr historisch. Pack deine Sachen und komm mit. Hier kann man doch nicht wohnen, Schätzchen.«

»Das ist mein Zuhause.«

SuAnn wedelte mit der Hand, wie um einen Moskito zu vertreiben. »Ach bitte, Julie. Wir wissen doch beide, dass du gerade einfach nur einen Nervenzusammenbruch hast. Dass Michael dich verlassen hat, war bestimmt hart für dich, aber du musst schon zugeben, dass es dafür einen Grund gegeben haben wird.«

Innerlich kochte Julie vor Wut. Ihre Mutter hatte schon immer eine Schwäche für Michael gehabt, nicht zuletzt weil er gut verdiente, und in ihren Augen war es die Aufgabe der Ehefrau, den Mann unter allen Umständen glücklich zu machen. Als Julie ihre Online-Boutique eröffnete, hatte ihre Mutter sie gewarnt, die Dinge zu Hause nicht schleifen zu lassen.

»Lass uns nicht *davon* anfangen, Mutter.«

»Du weißt, dass ich dich liebe, aber ich habe dir die ganze Zeit gesagt, als gute Ehefrau musst du dich auf die Bedürfnisse deines Mannes konzentrieren.«

»Die Bedürfnisse meines Mannes lagen offenbar zwischen den Beinen irgendeiner Frau in Boston.«

»Julie Ann! Hüte deine Zunge. Meine Güte, du redest schon wie eine aus den Sümpfen.«

»Was soll das denn heißen?«

»Vergiss es einfach. Bitte, Julie, komm mit mir ins Hotel. Wir finden eine Lösung. Wir suchen dir ein hübsches Häuschen in den Bergen, ganz bei mir in der Nähe.«

»Nein, Mom, ich gehe hier nicht weg. Ich habe mich für ein neues Leben auf dieser Insel entschieden. Das ist mein Traum.«

»Die Tochter meiner Freundin Cicely, Patricia, hatte letztes Jahr auch einen Nervenzusammenbruch, nachdem ihr Mann mit der Frau durchgebrannt ist, die immer vor der Eisdiele Ukulele gespielt hat. Jedenfalls hat ihr der Arzt diese Medikamente verschrieben, und die haben ihr so geholfen. Ich kann rausfinden, wie die heißen …«

»Hör auf! Mein Gott, was ist bloß los mit dir?«

»Was denn?«, fragte SuAnn mit großen Augen. Das Traurige war, dass Julies Mutter wirklich nicht wusste, wie ihr Verhalten auf andere Menschen wirkte. Sie war einfach, wie sie war. Weshalb Julie so viel Abstand wie möglich hielt und nur zu den Feiertagen zu Besuch kam und ein paar Mal im Monat anrief, um zu fragen, ob alles okay war. Für sie war das die einzige Möglichkeit, nicht irre zu werden.

»Nichts. Hör zu, Mom, ich weiß es zu schätzen, dass du den ganzen Weg hierhergefahren bist, um nach mir zu sehen. Aber mir geht's gut. Ich brauche nur etwas Zeit für mich und einen Neuanfang. Hoffentlich wirst du das eines Tages verstehen.«

»Ich bin nicht nur gekommen, um nach dir zu sehen, Julie.«

»Was? Warum denn dann?«

»Als Colleen mich anrief, war klar, dass sie sich große Sorgen machte. Ich wollte nicht, dass sie extra aus Kalifornien herfliegt, um sich um dich zu kümmern. Sie macht sich so toll, die Kleine. Hoffentlich findet sie einen netten Jungen, der sie gut behandelt. Aber es gibt noch einen anderen Grund, dass ich hier bin. Weißt du, ich werde nicht jünger. Und wenn ich mir eines auf dieser Welt wünsche, dann ist es, an den Feiertagen die ganze Familie um mich zu haben.«

Oh. Julie wusste, was das bedeutete. Ihre Mutter spielte auf die angespannte Beziehung zwischen ihr und ihrer Schwester Janine an. Jedes Jahr fing sie diese Diskussion an und wollte nie verstehen, dass Julie an Weihnachten nicht nach Hause kommen wollte, wenn Janine dort war. Die meiste Zeit hatte das funktioniert, weil Janine ohnehin ständig durch die Weltgeschichte reiste und nie lange an einem Ort blieb.

»Ich weiß, worauf du hinauswillst, Mom, und es hat sich nichts geändert. Ich mache gerade eine sehr schwere Zeit durch, und zusätzliche Komplikationen sind wirklich das Letzte, was ich jetzt gebrauchen kann. Tut mir leid, aber die Antwort ist nein.«

»Na, dann mach mal Platz für Mommy.« Mit diesen Worten schob sie sich an Julie vorbei und marschierte ins Haus. Julie wandte sich um und sah ihre Mutter durchs Wohnzimmer gehen, die Arme um ihren Oberkörper geschlungen, als fürchtete sie, sich die Pest einzufangen.

»Was hast du vor, Mom?«

»Ich bleibe bei dir. Ich kann nicht darauf vertrauen, dass du hier in Sicherheit bist, so ganz allein in diesem Trümmerhaufen von einem Haus auf einer gottverlassenen Insel, also bleibe ich bei dir. Ich bin deine Mutter, und ich kümmere mich um dich.«

Julie glaubte, sie müsse sich übergeben. Woher kam diese plötzliche Wendung? »Ist alles okay mit dir?? Du scheinst nicht ganz du selbst zu sein. Hast du mir nicht gerade noch gesagt, du willst das Haus nicht mal betreten, vom Übernachten ganz zu schweigen?«

»Will ich auch nicht. Aber gerade du, liebste Tochter, solltest wissen, dass ich meinen Willen bekomme. Ich will an Weihnachten meine Familie um mich haben, und ich werde nicht von hier weggehen, bis du ja sagst.«

»Mom, du bist heute noch anstrengender als sonst. Warum fängst du überhaupt davon an? Bis Weihnachten ist es noch ewig hin.«

SuAnn sah sich um und zog dabei die Oberlippe kraus, als würde sie etwas Unangenehmes riechen. »Weil du und deine Schwester euren Streit nicht einfach über der Weihnachtsgans beilegen könnt. Damit müsst ihr *jetzt* anfangen. Ihr müsst eure Beziehung neu aufbauen.«

»So langsam kriege ich ein richtig mieses Gefühl bei dieser Sache.«

SuAnn schritt durch den Raum, streckte den Kopf aus der Haustür und winkte.

»Was tust du da, Mutter?« Julie war wohl noch nie in ihrem

Leben so verwirrt gewesen – nicht einmal in dem Moment, als ihr Mann ihr von seinem Kind mit einer anderen erzählte.

»Ich tue das, was Mütter nun mal tun. Ich übernehme die Verantwortung und tue alles, was nötig ist, um die Dinge in Ordnung zu bringen.« Mit trotzig erhobenem Kinn stand sie da. Das Problem war nur, dass Julie keine Ahnung hatte, wogegen sich dieser Trotz richtete.

Noch ehe sie ein Wort sagen konnte, blickte sie in das Gesicht ihrer Schwester.

Sechstes Kapitel

Janine hatte sich kaum verändert, ein bisschen dünner war sie vielleicht. Die langen, früher dunkelbraunen Haare waren jetzt heller, da sich graue Strähnen durch die dichte Mähne zogen. Um diese Haare hatte Julie ihre Schwester immer ein wenig beneidet. Ehrlich gesagt war sie im Laufe der Jahre auf vieles an ihr neidisch gewesen: ihr Temperament, ihre Gabe, mühelos neue Menschen kennenzulernen, und ihre unverschämt schmale Taille, die jetzt noch schmaler zu sein schien, was einfach nur unfair war.

»Hey, Sis«, sagte Janine, als sie ihr endlich in die Augen sah.

»Janine«, erwiderte Julie, und ihr Ton verriet deutlich, was sie in diesem Moment empfand. »Mom, was ist hier los?«

»Bitte deine Schwester herein, Julie. Habe ich dir denn gar nichts über Gastfreundschaft beigebracht?«

Seufzend trat Julie einen Schritt zurück und öffnete den beiden die Tür. Ihre Mutter stürmte direkt wieder ins Haus, dicht gefolgt von Janine, die erst den Blick hob, als sie im Wohnzimmer stand. Dann sah sie sich um, doch ihre Miene gab nichts preis. Aber warum hatte sie Gepäck dabei, so als ... hätte sie vor zu bleiben?

»Verrät mir jetzt mal jemand, was hier los ist?«

Wieder reckte SuAnn das Kinn. »Ich bin deine Mutter, und ich weiß, was das Beste für dich ist. Du kannst nicht allein hier draußen bleiben, Julie. Das kommt einfach nicht infrage.«

»Ich bin dreiundvierzig Jahre alt, Mutter. Ich kann tun und lassen, was ich will. Außerdem bin ich nicht allein. Mein Freund Dawson ist hier, falls ich etwas brauche.«

»Du bist viel zu vertrauensselig, Liebes«, sagte sie, womit sie nicht ganz falschlag. Julie hatte Michael vertraut, und was hatte sie jetzt davon?

»Wenn alle Stricke reißen … und das ist wohl jetzt der Fall … kann man sich nur auf die Familie verlassen.«

»Meine Stricke halten noch ganz gut.«

»Ich hab dir gesagt, dass das keine gute Idee ist«, sagte Janine plötzlich. Bis zu diesem Moment hatte sie kein Wort gesagt. Sie hatte nur mit hängenden Schultern dagestanden und auf den Boden gestarrt, oder auf das, was davon übrig war. Diese Zurückhaltung sah ihr überhaupt nicht ähnlich. Sie wirkte niedergeschlagen, auch wenn Julie nicht erkennen konnte, was genau mit ihr los war. Ein Teil von ihr war neugierig, aber der größere Teil wollte es gar nicht wissen. Ganz egal, was es war, Julie wollte damit nichts zu tun haben.

»Da sind wir uns ausnahmsweise mal einig«, sagte Julie. Sie warf ihrer Mutter einen Blick zu. »Es ist nett, dass du dir Sorgen um mich machst, aber mir geht's gut. Und selbst wenn nicht, es wird schon wieder. Ja, ich habe eine schwere Zeit durchgemacht, aber das hier ist mein Neuanfang, und inzwischen freue ich mich richtig darauf.«

»Julie, du hast dich schon immer Hals über Kopf in Dinge gestürzt, ohne darüber nachzudenken. Das hat uns wahrscheinlich überhaupt erst in diese Lage gebracht.«

»Uns?«

»Familie hält zusammen. Und ihr beiden wart viel zu lange getrennt. Das ist doch eine tolle Gelegenheit für euch, Zeit miteinander zu verbringen. Euch neu kennenzulernen. Als Kinder habt ihr euch so nahegestanden.«

Julie lachte. »Ich glaube, du hast die Dinge anders in Erinnerung, als sie waren. Janine und ich hätten nicht gegensätzlicher sein können, und das ist mit den Jahren nur noch schlimmer geworden.«

Es war seltsam, über Janine zu sprechen, als ob sie nicht da wäre, aber irgendwie war sie das auch nicht. Sie sah kaum vom Boden auf. Aus reiner Mitmenschlichkeit begann Julie sich Sorgen zu machen.

»Ihr seid Schwestern, und ihr braucht euch jetzt. Und eigentlich wollte ich es euch nicht sagen …«

»Uns was nicht sagen?«, fragte Julie.

SuAnn holte tief Luft, wandte sich zu einem der Fenster und blickte hinaus in die Weite. »Dr. Archer hatte vor Kurzem eine beunruhigende Nachricht für mich. Ich möchte nicht darüber reden und will auch keine große Sache daraus machen. Aber es würde mich sehr glücklich machen, wenn meine beiden Töchter in ein paar Monaten zusammen beim Weihnachtsessen sitzen und lachen und gut miteinander auskommen.« Sie drehte sich um und sah ihre Töchter an. »Ich will euch kein schlechtes Gewissen einreden, aber mir bleibt nichts anderes übrig.«

»Du hast mir gar nicht erzählt, dass etwas nicht in Ordnung ist. Was hat Dr. Archer gesagt?«, fragte Janine mit besorgter Miene.

»Ja, Mom, sag es uns.«

SuAnn lächelte traurig. »Es ist nichts Schlimmes. Nur einige

Auffälligkeiten im Blutbild. Um Thanksgiving herum werden neue Tests gemacht.«

»Was für Auffälligkeiten?«, fragte Janine.

»Ich verstehe nichts von diesen Dingen, aber es könnte auf etwas Besorgniserregendes hindeuten. Wir müssen abwarten und es beobachten.«

»Warum bist du so ausweichend? Sollen wir uns die ganzen nächsten Monate Sorgen machen? Warum unternehmen wir nicht jetzt schon etwas? Ich kenne einen fantastischen Arzt in Atlanta …«

»Julie, ich mag Dr. Archer. Er weiß, was er tut. Und ich will jetzt nicht mehr darüber reden. Ich wünsche mir, dass ihr beide mir diesen einen Gefallen tut. Verbringt Zeit miteinander. Lass dir von Janine helfen, das Haus herzurichten. Sie hat wirklich ein Händchen für Gestaltung.«

Julie musste sich beherrschen, nicht zu lachen. Als sie das letzte Mal Zeugin von Julies »Händchen für Gestaltung« geworden war, hatte es ausgesehen, als wäre in ihrem Zimmer ein Blumenkind explodiert. Diesen Look wollte sie für ihr Haus ganz sicher nicht.

»Was verlangst du von uns?«, fragte Julie schließlich. Sie fürchtete sich vor der Antwort.

»Lass Janine bei dir wohnen. Verbringt ein paar Wochen miteinander. Überwindet die Dinge, die zwischen euch gestanden haben. Wisst ihr, was ich dafür geben würde, meine Schwester zurückzukriegen? Wir waren die besten Freundinnen, und sie ist so jung gestorben. Es bricht mir das Herz, zu sehen, dass meine eigenen Töchter nicht miteinander auskommen. Wenn ich nicht mehr da bin, habt ihr nur noch euch.«

»Mom, es ist so viel passiert.«

»Sehe ich auch so. Ich glaube nicht, dass unsere Beziehung noch zu retten ist«, sagte Janine in leicht gereiztem Ton.

»Wie würdest du dich fühlen, Julie, wenn Meg und Colleen nicht mehr miteinander sprechen würden? Wie wäre Weihnachten dann für dich als ihre Mutter?«

Julie hielt inne und dachte darüber nach. Es würde ihr das Herz brechen. Sie liebte ihre Töchter so sehr, und die beiden standen sich unheimlich nahe. Wenn sie nicht mehr miteinander reden würden oder immer nur eine von beiden zu Familienfesten käme, wären die Feiertage für sie ruiniert. Sie konnte selbst nicht glauben, was sie nun sagen würde.

»Also gut. Ich bin dabei, einen Neuanfang zu machen und Risiken einzugehen, also werde ich es riskieren und Janine vorübergehend hier wohnen lassen. Natürlich nur, wenn sie das auch will.«

Janine blickte zur Decke und seufzte. »Man soll ja niemals nie sagen. Also ja, ich bleibe eine Weile hier, und wir sehen, wie es läuft.«

Keine der beiden wirkte besonders glücklich über diese Entscheidung, nur SuAnn freute sich bis über beide Ohren. Sie hüpfte auf und ab, bis ihr einfiel, dass der Boden unter ihr nachgeben könnte. Dann hörte sie abrupt auf und blickte auf ihre Füße, als würde sie jeden Moment in ein Sinkloch fallen.

»Ich danke euch, Mädchen. Ihr ahnt nicht, wie sehr mich das erleichtert. Jetzt kann ich zu meinem geliebten Buddy nach Hause fahren und weiß, dass für euch beide gesorgt ist.«

Wieder beschlich Julie das Gefühl, dass mit Janine etwas nicht stimmte.

»Janine, willst du deine Sachen schon mal in die Küche bringen?«

»In die Küche?«

»Na ja, wie du siehst, habe ich noch kein benutzbares Gästezimmer. Wir werden schon eine Lösung finden, wenn Mom gefahren ist. Ich bringe sie nur noch schnell zum Auto.«

Janine nickte und ging Richtung Küche.

Julie gab ihrer Mutter ein Zeichen, mit ihr auf die vordere Veranda zu kommen, und schloss die Tür hinter ihnen. Als sie sicher war, dass Janine sie nicht hören konnte, wandte sie sich wieder an ihre Mutter.

»Okay, was ist wirklich los?«

SuAnn legte den Kopf schief wie ein Hund, der ein Geräusch gehört hat. »Was meinst du?«

»Du weißt, was ich meine. Irgendwas ist doch mit Janine. Du hast sie nicht bloß hergebracht, damit sie mir hilft. Du lädst sie hier ab, und ich will den Grund dafür wissen.«

»Ich lade sie nicht hier ab. Ich komme nur nicht mehr mit ihr zurecht. Sie war jetzt sechs Monate bei mir.«

»Und das erzählst du mir erst jetzt? Was ist los mit ihr?«

SuAnn holte tief Luft und seufzte. »Ich kann dir nichts sagen. Ich will ihr Vertrauen nicht missbrauchen. Aber deine Schwester braucht dich jetzt, und wenn du ehrlich mit dir wärst, müsstest du zugeben, dass du sie ebenfalls brauchst. Deshalb verschaffe ich dir diese Zeit mit ihr.«

»Du lädst sie also doch hier ab. Ich kann kein zusätzliches Projekt gebrauchen, Mom.«

»Unglaublich, dass du so über deine eigene Schwester redest. Was stimmt nicht mit dir? Du lässt dich kaum noch bei deiner Familie blicken. Gerade neulich haben Buddy und ich noch darüber gesprochen.«

»Ich kenne den Mann kaum.«

»Weil du uns nie besuchst. Ich versuche, die Familie wieder zusammenzubringen, Julie. Ich werde auch nicht jünger.«

»Mom, bitte, spiel nicht schon wieder die Alterskarte. Das machst du schon mein ganzes Leben lang.«

»Ich werde älter, und ich weiß nicht, wie lange ich noch da

sein werde. Ich möchte noch erleben, dass sich meine Töchter vertragen, und wenn es nur mir zuliebe ist.«

Julie atmete tief ein und ganz langsam wieder aus und gab sich alle Mühe, ruhig zu bleiben. Ihr Leben war in letzter Zeit so ein Durcheinander gewesen, dass sie nicht mehr wusste, wo oben und unten war. Und ihre Abwehrkräfte schwanden. Sie hatte einfach keine Energie mehr, mit ihrer Mutter zu streiten.

»Also gut, ich gebe mir Mühe, aber garantieren kann ich nichts. Zwischen Janine und mir ist viel passiert, und ich weiß ehrlich gesagt nicht, wie wir das wieder hinkriegen sollen. Aber ich werde es versuchen, wenn sie es auch tut.«

Ein Lächeln legte sich auf SuAnns Gesicht. »Das ist mein Mädchen. Ich wusste, dass ich mich auf dich verlassen kann. Dann fahre ich jetzt zurück zu meinem Buddy und kann wieder ruhig schlafen, weil ich weiß, dass meine Töchter füreinander da sind.«

Sie umarmte Julie kurz, was bei ihr keine Selbstverständlichkeit war, und ging zu ihrem Wagen. Julie sah ihrer Mutter nach, als sie aus der Einfahrt zurücksetzte und sich auf dem langen Waldweg entfernte, und fragte sich, was sie sich da bloß eingebrockt hatte.

Wieder im Haus, war Janine nirgends zu sehen. War sie jetzt schon abgehauen? Hatte sie im Marschland einen süßen Typen aufgegabelt, der Julie bisher entgangen war?

Sie ging zur hinteren Terrasse, und dort stand Janine und starrte in die trüben, sumpfigen Gewässer. Julie holte tief Luft.

»Alles okay mit dir?«

Janine lachte leise. »Ich habe gerade eine sehr lange Autofahrt mit unserer Mutter hinter mir. Was glaubst du wohl.«

»Verstehe. Du willst wahrscheinlich wissen, was hier los ist.«

Janine drehte sich zu ihr um, und wieder war Julie verblüfft darüber, wie sehr sich ihre Schwester verändert hatte. Keine Spur mehr von der perfekt gestylten Frisur und den funky Klamotten. Sie sah absolut unauffällig aus und war kaum geschminkt. Sie trug eine schlichte blaue Jeans, ein weißes T-Shirt und Turnschuhe. Das war nicht die Janine, die sie kannte.

»Ich hab dieses Haus gekauft, ohne es vorher gesehen zu haben. Als ich hier ankam, hätte ich fast auf dem Absatz kehrtgemacht, aber dann bin ich für eine Nacht in einem kleinen Hotel am anderen Ende der Insel untergekommen. Jedenfalls dachte ich, es wäre ein Hotel.«

»Du dachtest, es wäre ein Hotel, aber es war keins?«

»Ist ne lange Geschichte, aber der Mann, dem es gehört, hat angeboten, mir bei der Renovierung zu helfen. Zu einem echt guten Preis.«

»Du meinst, er will was von dir.«

»Nein, Janine. Es fällt dir vielleicht schwer, das zu glauben, aber es dreht sich nicht alles um Verhältnisse mit Männern.«

»Wenn ich eins weiß, dann, dass ein Mann nichts ohne Grund tut. Er will was von dir. Oder hat zumindest irgendwelche Hintergedanken.«

»Meine Güte, Janine, wann bist du denn so kaltschnäuzig geworden?«

»Ich weiß einfach nur, wie Männer sind. Du warst viel zu lange verheiratet. Und ich weiß, dass ein Mann nichts ohne Grund tut.«

»Denk doch, was du willst. Aber er ist ein netter Kerl und der einzige Freund, den ich hier auf der Insel habe, und deshalb habe ich sein Angebot angenommen. Es wird definitiv nichts passieren. Fürs Erste habe ich die Schnauze voll von Männern. Vielleicht sogar für immer.«

Janine wandte sich wieder ab und blickte übers Marschland. »Wie ich sehe, bist du immer noch ein bisschen theatralisch.«

»Du, Janine, ich habe dich nicht eingeladen. Du bist mir aufgedrängt worden, und da fände ich es wirklich angebracht, wenn du versuchen könntest, ein bisschen nett zu sein.«

»Ich? Versuchen, nett zu sein? Ist das jetzt dein Ernst?«

»Was?«

»Julie, jeder weiß, dass ich die Nette von uns beiden bin.« Janine wandte sich um und ging zurück ins Haus. Dawson schliff in der Küche auf Händen und Knien die Sockelleisten ab. Er sah nicht auf.

»Du bist die Nette von uns? Die Flatterhafte vielleicht. Oder die Seltsame. Vielleicht auch die Laute und Unausstehliche. Aber nett? Wohl kaum.«

Sie wurden lauter. Diese Streits waren richtig schlimm geworden, seit sie erwachsen waren. Brüllen, Schreien, hässliche Wörter. Es war peinlich, schien in diesen Momenten jedoch notwendig zu sein.

»Unausstehlich? Habe ich etwa den Idioten geheiratet, der mich mit ner anderen betrügt und ihr ein Kind macht? Tolles Urteilsvermögen hast du da, Schwesterherz.«

»Wenigstens habe ich einen Mann *gefunden*. Du bist ne alte Jungfer.«

»Ich bin frei. Frei! Ohne Verpflichtungen. Glücklich.«

»Oh ja, du siehst total glücklich aus«, entgegnete Julie augenrollend. Dawson erhob sich leise und schlüpfte zur Hintertür hinaus. Natürlich war ihm das unangenehm. Es hätte Julie nicht gewundert, wenn er jetzt nach Hause ginge und niemals wiederkäme.

Julie sah wieder zu ihrer Schwester, die sie jetzt mit zusammengepressten Lippen anstarrte. Tränen liefen ihr übers Gesicht. Noch nie, in all ihren irren Streits, hatte Janine auch nur eine einzige Träne vergossen. Und Julie genauso wenig. Da war einfach zu viel Wut.

»Janine? Was ist los?« Aus einem plötzlichen Anflug schwesterlichen Mitgefühls hätte sie ihr am liebsten die Hand auf die Schulter gelegt, doch sie tat es nicht.

»Du hast recht, ich bin nicht glücklich.«

»Das sehe ich.«

»Ich wohne seit sechs Monaten bei Mom und schlafe in ihrem Gästezimmer bei dem ganzen Handarbeitskram.«

»Was ist mit dir passiert, Janine?«

»Als ob dich das interessiert.« Sie lehnte sich an die Wand, rutschte daran zu Boden, zog die Knie an die Brust und blickte starr geradeaus.

Julie wusste nicht, was sie sagen oder tun sollte. Einen Moment lang stand sie nur wie versteinert da und sah ihre einzige Schwester wie ein Häuflein Elend auf dem Boden hocken. Langsam ging sie zu ihr hinüber, setzte sich mit etwas Abstand neben sie und zog ebenfalls die Knie an die Brust.

»Es interessiert mich.«

»Von wegen. Ich wette, du hast dich mit Händen und Füßen dagegen gewehrt, dass Mom mich hier absetzt.«

Julie schwieg einen Moment. »Das heißt trotzdem nicht, dass es mich nicht interessiert.«

»Glaub mir, ich wollte überhaupt nicht herkommen.«

»Warum bist du es dann? Hat sie dir auch ein schlechtes Gewissen gemacht?«

»Nein, sie hat mich rausgeschmissen.«

Julie sah sie an. »Rausgeschmissen? Warum?«

Janine seufzte. »Weil ich Probleme habe. Du weißt doch, wie viel Wert unsere Mutter darauf legt, den Schein zu wahren. Offenbar hat sie sich für mich geschämt.«

»Warum sollte sie das?«

»Weil ich nicht du bin.«

»Was?«

»Du warst immer ihr Lieblingskind, Julie, und das weißt du.«

»Ehrlich gesagt habe ich immer das Gegenteil geglaubt.«

Janine sah sie mit schiefgelegtem Kopf an. »Ehrlich? Mom hat immer mit dir angegeben, sie hat sogar Fotos von deiner perfekten kleinen Familie auf Social Media gepostet.«

»Aber doch nur, um ihre Freundinnen im Country Club zu beeindrucken.«

»Genau. Von mir war sie noch nie beeindruckt.«

»Du willst mir also erzählen, sie hat dich vor die Tür gesetzt, weil du ihren Standards nicht genügst? Komm schon, Janine, so gemein ist sie nicht. Da muss mehr dahinterstecken.«

Janine wandte den Blick ab und starrte ins Leere, wie sie es neuerdings ständig zu tun schien. Ihr sprudelnder, lebendiger, kompromissloser Charakter, den sie ihr Leben lang an den Tag gelegt hatte, schien völlig verschwunden zu sein, verschlungen von einer Art Depression.

»Die letzten Jahre waren schwierig für mich. Ich hatte echte Probleme, und als ich es alleine nicht mehr schaffte, wandte ich mich an Mom. Sie hat auf ihre ganz eigene SuAnn-Art versucht, mir zu helfen, aber ich glaube, irgendwann ertrug sie es nicht mehr, mich so zu sehen. Sie sagte, wir würden dich besuchen fahren. Ich wollte nicht mitkommen, aber sie hat einfach meine Tasche gepackt und gesagt, bei ihr kann ich nicht länger bleiben. Ich kann sonst nirgendwo hin.«

»Dann hast du keinen Job oder so?«

»Einen Job habe ich schon seit Jahren nicht mehr. Wie gesagt, ich hatte ein paar Probleme.«

Julie stand auf und stützte die Hände in die Hüften. »Janine, du bist zu alt für so etwas. Warum hast du keine Arbeit? Du musst doch für deinen Lebensunterhalt sorgen können. Tut mir leid, aber du kannst nicht einfach hier wohnen, ohne zu arbeiten oder etwas beizusteuern.«

Janine barg das Gesicht in den Händen. »Es ist keine Frage von Faulheit, Julie. Ich funktioniere im Moment einfach nicht sehr gut.«

»Ich verstehe das nicht. Ich habe das Gefühl, dass ihr beide, du und Mom, mir etwas verschweigt, aber ich habe ein Recht, es zu erfahren. Vor allem, wenn du kostenlos bei mir wohnen willst. Ich stecke mitten in einem Neuanfang. Ich kann es mir nicht leisten, noch ein hungriges Maul mehr zu stopfen, ich komme ja selbst kaum über die Runden.«

»Wenn ich könnte, würde ich sofort woandershin gehen, das kannst du mir glauben.« Janine stand auf, und zum ersten Mal seit ihrer Ankunft entdeckte Julie einen Funken Energie in ihr.

»So warst du schon immer! Dein ganzes Leben lang. Du erwartest, dass du dich einfach so in der Weltgeschichte herumtreiben und tun und lassen kannst, was du willst, und alle anderen dürfen hinter dir aufräumen. Aber weißt du was? So funktioniert das Leben nicht. Das Leben ist hart. Du musst arbeiten und erwachsen werden.«

Wieder liefen Janine die Tränen übers Gesicht. »Du hast recht. Es ist alles meine Schuld. Es war allein meine Schuld, dass ich überfallen wurde.«

»Du wurdest überfallen?«

»Vor zwei Jahren. Ich war in der Karibik und gab Yogakurse in diesem kleinen Studio bei dem Resort. An einem Abend nach dem Unterricht ging ich allein zurück zu meinem Bungalow. Ich hab es nicht bis dorthin geschafft.«

Julie hatte das Gefühl, innerlich zusammenzubrechen. Sie bekam keine Luft. Die Vorstellung, wie ihre Schwester in einem fremden Land überfallen wird und niemand da ist, um ihr zu helfen, drehte ihr den Magen um.

»Ich hatte ja keine Ahnung.«

»Ich habe es niemandem erzählt.«

»Moment, nicht einmal Mom?«

»Nein. Über so ein Thema möchte ich nicht unbedingt mit ihr sprechen. Außerdem würde sie es irgendwie schaffen, mir die Schuld zu geben. Und eigentlich hätte sie damit ja auch recht.«

»Janine, es war nicht deine Schuld. Niemand verdient es, überfallen zu werden.«

»Ich vielleicht schon. Ich habe nicht aufgepasst. Ich habe nicht auf die Umgebung geachtet. Ich war seit über einem halben Jahr dort und war einfach nicht vorsichtig. Ich hab das Pfefferspray zu Hause gelassen.«

Julie ging zu ihrer Schwester und legte ihr sacht die Hände auf die Oberarme. »Janine, es war nicht deine Schuld. Und ich finde, du solltest es Mom erzählen. Wenn sie es wüsste, würde sie dich ganz sicher weiter bei sich wohnen lassen.«

»Ich will es ihr nicht sagen, Julie. Sie kann doch auch nichts tun. Und sie würde trotzdem nicht verstehen, was ich gerade durchmache. Irgendwie ahnt sie sicher, dass etwas passiert ist, aber ich habe das Gefühl, sie will es gar nicht genauer wissen.«

Julie trat einen Schritt zurück. »Da hast du wahrscheinlich recht. Warst du in Therapie?«

»Als Arbeitslose habe ich weder eine Krankenversicherung noch das nötige Geld für eine Therapie. Mom hat mich die ganze Zeit gedrängt, mir eine feste Arbeit zu suchen, statt irgendwelchen Hippies Yoga beizubringen.«

Julie kicherte. »Das klingt sehr nach Mom.«

»Irgendwann habe ich angefangen, das Trauma auf meine eigene Art zu behandeln.«

Julie sah ihre Schwester an, und da dämmerte es ihr. »Hast du eine Essstörung?«

»Ist das so offensichtlich?«

»Für mich schon. Du brauchst Hilfe. Das kann sonst lebensgefährlich werden.«

»Hör zu, ich weiß, du willst mich genauso wenig hier haben, wie ich bleiben will. Aber vielleicht könnte das auch ein Neuanfang für mich sein. Immerhin kann ich dir helfen, das Haus zu sanieren. Vielleicht hilft mir das aus meinem Tief.«

»Du kannst hierbleiben. Aber das ist mehr als nur ein Tief. Du brauchst Hilfe. Wir werden dir einen Therapieplatz auf dem Festland suchen.«

»Das kann ich mir nicht leisten, Julie. Und du vermutlich auch nicht.«

»Wir finden eine Lösung. Ich weiß, dass wir uns seit unserer Kindheit auseinandergelebt haben, aber du bist und bleibst meine Schwester, und ich werde dir helfen.«

Janine lächelte traurig. »Wenn mir noch zu helfen ist.«

»Natürlich. Jedem ist zu helfen. Na ja, außer vielleicht meinem Ex-Mann.«

Und da sah sie zum ersten Mal ein echtes Lächeln auf Janines Gesicht.

Siebtes Kapitel

Julie ging nach draußen und setzte sich auf die schmiedeeiserne Bank am Rande des Marschlands. Nur hier konnte sie wirklich mit ihren Gedanken allein sein. Janine hatte ihr geholfen, mit dem Hausputz voranzukommen, und dann hatten sie ein provisorisches Schlafzimmer eingerichtet, in dem sie beide schlafen konnten, bis Dawson mit den Arbeiten weitergekommen war. Sich mit Mitte vierzig wieder ein Zimmer mit ihrer Schwester zu teilen, hatte nicht unbedingt sehr weit oben auf ihrer Wunschliste gestanden.

Außerdem hatte sie ein ernstes Gespräch mit ihrer Tochter Colleen geführt. Es stand ihr nicht zu, ihrer Großmutter von Julies Aufenthaltsort und der Scheidung zu erzählen, aber Julie konnte ihr kaum böse sein. Dafür vermisste sie ihre Tochter viel zu sehr.

»Ist alles okay?«, hörte sie Dawson hinter sich.

»Oh, hi. Ich dachte, du hättest schon Feierabend gemacht. Es ist bald Abendbrotzeit, oder?«

Er trat näher und blieb neben der Bank stehen. »Ich habe vor einer Stunde ein Sandwich aus meiner Kühlbox gegessen.«

»Geh nach Hause, Dawson, mach dir einen schönen Abend.«

»Hättest du etwas dagegen, wenn ich mich einen Moment setze, bevor ich gehe?«

Lächelnd klopfte sie auf den freien Platz neben sich. »Tut mir leid, dass du diese ganzen Verrücktheiten mit anhören musstest.«

»Deshalb wollte ich sehen, ob es dir gut geht.«

Sie lachte leise. »Nein, es geht mir nicht gut. Eines Tages wird es das vielleicht. Aber es ist schon okay, und das reicht für den Moment.«

»Und das ist also deine Schwester?«

»Ja. Das ist meine Schwester. Wie du siehst, haben wir eine turbulente Vergangenheit.«

»Sieht so aus«, sagte er, und ein Lächeln huschte über seine Lippen. Er schob einen Haufen Moos mit dem Fuß näher ans Ufer.

»Früher haben wir uns sehr nahegestanden, aber wir sind einfach sehr verschieden.«

»Inwiefern verschieden?«

»Wie viel Zeit hast du?«

»So viel du brauchst.« Seine Worte jagten ihr einen Schauer über den Rücken, mit dem sie nicht gerechnet hatte. Kein Zweifel, dieser Mann war attraktiv, wie ein Südstaatengott, den sumpfigen Wassern entstiegen. Aber sie war weit davon entfernt, sich wieder zu verlieben. Michaels sogenannte Liebe hatte ihr das Herz gebrochen.

»Janine ist das, was man einen ›Freigeist‹ nennt. Seit ich denken kann, hat sie gemacht, was sie wollte, ohne sich um den Rest der Welt zu kümmern. Sie glaubte an Magie und Feen und Einhörner, trieb sich mit den merkwürdigsten Typen herum und wollte einfach nicht sesshaft werden. Sie reiste um die Welt, gab Yogakurse, brannte Räucherstäbchen ab und versuchte, die Welt zu retten. Währenddessen lebte ich mit meinem Mann und den beiden Kindern mein typisches Bilderbuch-Vorstadtleben.«

»Okay, aber Menschen sind nun mal verschieden, warum versteht ihr euch nicht?«

»Als Kind war es lustig, dass meine Schwester ein bisschen verrückt war. Aber als wir älter wurden, war sie einfach nie für mich da. Ständig war sie auf Reisen, und ich konnte von Glück reden, wenn ich mal eine Postkarte bekam. Wahrscheinlich habe ich mich einfach an mein Fußballmutti-Leben gewöhnt. Und daran, dass sie nicht da war.«

»Ich hatte so einen Bruder. Hat ausgerechnet an der Wallstreet gearbeitet. Börsenmakler.«

»Hatte?«

»Er ist vor ein paar Jahren gestorben. Herzinfarkt, von dem ganzen Stress. Damals habe ich beschlossen, auf Seagrove zu bleiben. Hier auf der Insel gibt es keinen Stress.«

»Womöglich hat meine Schwester ihn hergebracht«, sagte Julie mit einem traurigen Lachen.

»Dann habt ihr euch zerstritten?«

»Gewissermaßen. Als die Kinder klein waren, kam sie wieder öfter zu Besuch. Aber als ich mitbekam, dass sie den Teenager-Mädchen Lebensratschläge gab, musste ich ein Machtwort sprechen. Sie hätte meine Älteste fast dazu gebracht, dem Friedenskorps beizutreten.«

»Und das war schlecht?«

Julie zuckte die Schultern. »Ich hatte wohl das Bild im Kopf, dass meine Töchter aufs College gehen und heiraten und ihre eigenen Familien gründen. Ich wollte nicht, dass Janine ihnen Ratschläge für ihre Lebensplanung gibt.«

»Weil du wolltest, dass die Mädchen werden wie du, und nicht wie deine Schwester«, sagte er nüchtern.

Julie fühlte sich angegriffen. »Nein, darum ging es nicht! Mir gefiel der Rat nicht, den sie ihnen gab, das war alles.«

»Tut mir leid, ich wollte dich nicht wütend machen.«

»Schon gut. Ich bin in letzter Zeit ein bisschen empfindlich. Ich wollte dich nicht anfahren.«

Dawson stand auf und strich sich die Jeans glatt. »Hör mal, ich möchte niemandem zu nahe treten, aber darf ich dir einen kleinen Rat geben?«

»Klar.«

»Das Leben ist sehr kurz, und wie es aussieht, bietet sich dir gerade eine zweite Chance mit deiner einzigen Schwester. Wirf die nicht weg. Ich wünschte, ich hätte eine zweite Chance mit meinem Bruder.«

Julie nickte. »Verstehe.«

»Gute Nacht, Julie.« Dann ging er ums Haus herum.

Sie blickte ins Marschland hinaus und sah der Sonne zu, die hinter dem Horizont versank und rosa und orangefarbene Streifen am Himmel zurückließ. Als sie schließlich ins Haus ging, dachte sie darüber nach, dass ihr Leben jetzt aus einer ganzen Reihe von Neuanfängen bestand. Scheidung. Neues Haus. Ein neuer Freund, der, dazu war sie fest entschlossen, nur ein Freund bleiben würde. Und jetzt ihre Schwester.

Wie um alles in der Welt sollte sie mit diesem neuen Leben fertigwerden?

Im Haus war es stockdunkel. Ihre Schwester saß im Schneidersitz auf dem Fußboden des provisorischen Schlafzimmers. Sie hatte die Augen geschlossen, und vor ihr stand eine brennende Kerze.

Das war schon eher die Janine, die Julie kannte. Wahrscheinlich meditierte sie zu irgendeiner höheren Macht. Julie beschloss, sie in Frieden zu lassen, solange sie nicht anfing zu chanten oder Geister zu beschwören. Sie ging in die Küche, um etwas Genießbares zum Abendessen zu finden, und nahm sich unterwegs eine der batteriebetriebenen Laternen mit.

»Ich habe übrigens nicht meditiert«, sagte Janine plötzlich hinter ihr.

»Ich habe nicht gefragt.« Julie kramte weiter in den Tüten und der Kühlbox. Da sie jetzt zu zweit waren, würden sie in ein paar Tagen aufs Festland fahren müssen, um Nachschub an Lebensmitteln zu kaufen.

»Ich habe nur Atemübungen gemacht. War viel Stress heute. Aber es hilft mir nicht mehr so gut wie früher.«

»Tut mir leid, das zu hören.«

»Wird das jetzt immer so sein? Dass ich rede und du einsilbig antwortest?«

»Janine, ich weiß nicht, was du von mir hören willst. Ich bin nun wirklich keine Expertin für Meditation oder Atemübungen.«

Julie nahm tiefgekühlte Bohnen und eine Packung Käsemakkaroni aus dem Vorrat. Außerdem hatte sie einen kleinen Kohlegrill und ein paar Töpfe gekauft. Sie trug die Sachen auf die Terrasse und suchte die nötigen Utensilien zusammen, um die Bohnen und Käsemakkaroni zu kochen. Sie brauchten Strom im Haus, und zwar pronto.

»Mir ist klar, dass du nicht viel über mein Leben weißt. Darüber, was ich in den ganzen Jahren gemacht habe. Ich weiß auch, dass du mit dieser ganzen Yoga- und Meditationssache nie etwas anfangen konntest. Aber ich mache es seit Jahren nicht mehr, weil ich das Gefühl habe, dass es einfach nicht mehr zu mir passt.«

Julie, die dabei war, den Grill anzuzünden, sah auf. »Das überrascht mich. Du hast diese verrückten Posen und Verrenkungen doch immer geliebt.«

»Ja, habe ich. Aber nach dem Überfall kam mir das alles so banal vor. Das Einzige in meinem Leben, das in all den Jahren konstant geblieben war, half mir auf einmal nicht mehr. Die Trauer und der Schmerz wurden so groß, dass ich nicht mal mehr Yoga machen konnte. Ich verlor meinen Job, weil ich im Unterricht in Tränen ausbrach. Natürlich wusste niemand, was mir zugstoßen war, deshalb kann ich ihnen nicht mal vorwerfen, dass sie mich rausgeschmissen haben.«

»Ich fahre morgen in die Stadt, um Lebensmittel zu kaufen. Dann werde ich mich mal umhören, welche Hilfsangebote es dort für Menschen gibt, die ein Trauma verarbeiten.«

»Du tust schon genug für mich, wenn du mich hier wohnen lässt. Ich kann nicht erwarten, dass du auch noch die Therapie für mich bezahlst.«

Julie stand auf und sah ihre Schwester an. »Du hast es nicht erwartet, ich biete es dir an. Auch wenn mich deine verrückte, eigenwillige Art früher genervt hat, möchte ich, dass es dir besser geht. Niemand sollte sich so fühlen.«

»Danke. Du ahnst nicht, wie viel mir das alles bedeutet.«

»Wenn du mir Dankbarkeit zeigen willst, hilf mir, mit diesem verflixten Grill fertigzuwerden.«

Lachend beugte sich Janine über den Grill, um ihn anzuzünden.

Am nächsten Morgen schlief Julie länger als sonst. Die Nacht mit ihrer Schwester war anstrengend gewesen. Immer wieder war Janine schreiend aus Albträumen hochgeschreckt, und Julie fühlte sich in ihre Zeit als Mutter eines Kleinkinds zurückversetzt, während sie ihre Schwester immer wieder in den Schlaf wiegte. Janine brauchte Hilfe, so viel stand fest. Und Julie war ziemlich wütend auf ihre Mutter, weil sie nicht schon längst etwas unternommen hatte. Janine brauchte professionelle Unterstützung, und es wollte Julie nicht in den Kopf, warum ihre Mutter ihr noch keine Hilfe besorgt hatte.

Im Flur stieg ihr Kaffeeduft in die Nase. Dawson stand in der Küche, neben ihm auf der Anrichte eine Kanne Kaffee.

»Ist das eine Fata Morgana? Ist das richtiger, echter Kaffee, den ich da sehe?«

Er lachte. »Du hast doch nicht etwa geglaubt, ein Handwerker könnte ohne Kaffee arbeiten, oder?«

»Aber wie hast du dieses Wunder ohne Strom vollbracht?«

»Die Segnungen eines Generators. Ich habe ihn draußen vor dem Fenster angeschlossen. Und keine Sorge, bis zum Ende dieser Woche hast du hier Strom.«

»Gott sei Dank. Ich war noch nie ein Freund von Camping. Und das hier ist wohl noch schlimmer.«

»Milch und Zucker?«

»Ja, bitte.«

Er bereitete das Getränk für sie zu und reichte ihr die Tasse. Noch nie im Leben war sie so dankbar für Kaffee gewesen. »Hast du meine Schwester heute Morgen schon gesehen?«

»Sie ging gerade die Straße hinunter, als ich ankam.«

Julies Augen weiteten sich. »Die Straße runter? Und du hast sie nicht aufgehalten?«

»Warum sollte ich? Diese Insel ist der sicherste Ort der Welt.«

»Nicht für meine Schwester. Sie macht gerade eine ziemlich schwierige Zeit durch. Außerdem gibt es Alligatoren, und wer weiß, was in diesen Sümpfen sonst noch alles lauert.«

»Also, erstens ist es Marschland und kein Sumpf. Das ist ein großer Unterschied. Zweitens ist deine Schwester eine erwachsene Frau. Bestimmt schaut sie sich nur ein bisschen um und versucht, den Kopf frei zu kriegen.«

»Ich sollte sie trotzdem suchen gehen.« Julie stellte ihre Tasse ab und lief zur Eingangstür.

Er folgte ihr. »Warte, ich komme mit.«

Sie traten auf die vordere Veranda hinaus, und Julie sah sich in alle Richtungen um. Die Insel war nicht sehr groß, bestimmt würden sie Janine schnell finden.

»Janine!«, rief sie. »Janine!« Sie ging hinters Haus und wieder zur Vorderseite. Ihre Schwester war nirgends zu sehen.

»Jetzt mache ich mir Sorgen. Nicht zu glauben, dass sie einfach so weggegangen ist.«

»Sie kommt bestimmt zurück. Lassen wir ihr doch ein bisschen Zeit für sich. Wenn sie nicht in einer Stunde zurück ist, steigen wir in meinen Wagen und fahren sie suchen.«

»Okay. Eine Stunde. Aber dann suchen wir sie wirklich.«

»Versprochen«, sagte Dawson.

Sie gingen wieder ins Haus, doch Julie hielt nur eine halbe Stunde durch, ehe sie wieder anfing, aus den Fenstern zu spähen. Dawson machte mit seiner Arbeit weiter, doch sie konnte an nichts anderes denken als an ihre Schwester. Verletzt, verloren, traumatisiert.

»Ich muss sie suchen gehen«, sagte Julie.

»Wir haben noch eine halbe Stunde ...«

»Meine Schwester macht gerade einiges durch. Ich werde nicht näher darauf eingehen, aber ich mache mir Sorgen um ihren seelischen Zustand. Ich muss sie finden.«

»Okay, verstehe. Ich fahre dich«, sagte Dawson.

Sie liefen zu seinem Truck und fuhren die Straße hinunter. Julie sah sich nach allen Seiten um und hielt verzweifelt nach ihrer Schwester Ausschau, die sich verirrt oder verletzt haben könnte. In ihrem Kopf stiegen Bilder davon auf, wie sie von einem Alligator gefressen oder von einem der riesigen Vögel, die sie hier gesehen hatte, zu Tode gepickt wurde. Sie hatte sich schon immer zu viele Sorgen gemacht.

»Lass uns doch rüber zur Strandseite fahren. Ich habe so ein Gefühl, dass sie dorthin gegangen sein könnte«, sagte Dawson.

Statt einer Antwort blickte Julie weiter aus dem Fenster und hoffte, Janine zu entdecken, die irgendwo Blumen pflückte oder einen Hund streichelte.

Am Strand angekommen, wo Julie seit ihrem ersten Tag auf der Insel nicht mehr gewesen war, stiegen sie aus dem Wagen, und Julie folgte Dawson über einen Weg aus weißem Sand, der links und rechts mit Strandhafer bewachsen war. Als sie den eigentlichen Strand betraten, hielt Julie einen Moment lang inne und staunte. Die Schönheit des Anblicks war unbestreitbar. Auch wenn sie sich ein Haus auf dieser Seite der Insel gewünscht hätte, war es doch schön, den Strand so nahe zu wissen. Ihr war überhaupt nicht in den Sinn gekommen, dass sie sich durch den Umzug tatsächlich ihren Traum von einem Leben am Strand erfüllt hatte. Bisher war alles so stressig gewesen, dass sie noch keinen Augenblick der Dankbarkeit dafür empfinden konnte, endlich am Meer zu wohnen. Es war nur eine kurze Autofahrt entfernt.

Doch in diesem Moment konnte sie nur an ihre Schwester denken. Was, wenn sie ans Wasser gegangen und irgendwie von einer Strömung erfasst worden war und …

»Dort drüben, ist sie das nicht?« Dawson zeigte in die Ferne. Und tatsächlich saß Janine auf einem großen, teilweise von Wasser überspülten Felsvorsprung.

»Doch. Was um alles in der Welt tut sie da?«, schimpfte Julie, als sie eilig auf ihre Schwester zumarschierte. Dawson hielt sich im Hintergrund, offenbar wollte er nicht zwischen die Fronten geraten.

»Janine! Janine!«, rief Julie im Näherkommen. Ihre Schwester saß da, die Knie an die Brust gezogen, und starrte ins Wasser. Ihre Locken wehten im Wind. In ihrem langen weißen Rock und dem weißen Trägertop sah sie aus wie ein Engel, doch in diesem Moment wollte Julie ihr am liebsten den Hals umdrehen.

»Was machst du hier?«, fragte Janine, als wäre es das Normalste von der Welt, dass sie aus dem Haus ging und sich auf einen Felsen im Meer setzte, ohne Julie Bescheid zu sagen.

»Was *ich* hier mache? Was machst *du* hier? Du hast mir nicht mal gesagt, dass du weggehst.«

Janine legte den Kopf schief. »Ich wusste nicht, dass ich deine Erlaubnis brauche, *Mom*.«

»Siehst du? Genau das meine ich. Du denkst nie daran, welche Auswirkungen dein Handeln auf andere hat.«

»Wenn ich auf einer winzigen Insel einen Strandspaziergang mache, hat das Auswirkungen auf dich? Du hast geschlafen. Ich wollte dich nicht wecken. Nachdem ich dich die ganze Nacht mit meinen Albträumen wach gehalten habe, wollte ich dich ein bisschen ausschlafen lassen. Deshalb bin ich hergekommen, um die Meeresbrise zu genießen.«

»Du hättest mir wenigstens einen Zettel schreiben können.«

»Ach ja, weil du so viel Schreibzeug im Haus hast? Komm schon, Julie, das ist doch keine große Sache.«

Julie schüttelte den Kopf. »Es ist nie eine große Sache, Janine, außer wenn es um dich geht. Aber alles, was andere Leute betrifft, interessiert dich nicht die Bohne.«

Janine kletterte von dem Felsen hinunter und trat vor ihre Schwester. »Das ist nicht fair. Ich bin spazieren gegangen. Der Strand ist direkt um die Ecke. Ich dachte, du könntest zwei und zwei zusammenzählen.«

»Sei nicht sarkastisch.«

»Hör mal, Julie. Ich weiß zu schätzen, was du für mich tust, wirklich. Aber ich brauche keine Übermutter.«

»Ich mache mir Sorgen um dich. Bitte sehr, ich habe es gesagt: Ich mache mir Sorgen.«

»Ich werde mir schon nichts antun. Und ob du es glaubst oder nicht, nachdem ich *allein* durch die ganze Welt gereist bin, kann ich gut auf mich selbst aufpassen. Ich kann ein paar hundert Meter zum Strand laufen und mich auf einen Stein setzen, ohne ermordet oder von einem Rudel Wölfe zerfleischt zu werden.«

Julie lachte. »Alligatoren. Über Wölfe habe ich mir keine Gedanken gemacht.«

Janine lächelte. »Ich weiß, wir haben eine turbulente Vergangenheit, aber das hier könnte für uns beide ein Neuanfang sein – in mehr als nur einer Hinsicht. Können wir uns darauf einigen, ein paar Dinge loszulassen? Und versuchen, uns gegenseitig eine Chance zu geben?«

»Ich versuche es. Das glaubst du mir jetzt vielleicht nicht, aber ich versuche es wirklich.«

Achtes Kapitel

Obwohl sie erst seit ein paar Tagen auf der Insel wohnte, kam ihr die Fahrt aufs Festland vor wie eine Reise in ein anderes Land. Julie sah die vielen Autos über die Straßen brausen, aber das langsamere Tempo des Insellebens war ihr deutlich lieber.

Sie hatte sich verfahren. Und das gründlich. Sie war schon einmal in dem Einkaufszentrum gewesen, um Lebensmittel zu besorgen, aber damals hatte sie es durch Zufall entdeckt, und jetzt musste sie erst einmal herausfinden, wo sie überhaupt war.

Sie fuhr auf einen Parkplatz, um sich umzusehen. Irgendwo hier musste doch der Supermarkt sein.

»Haben Sie sich verirrt, Schätzchen?«, hörte sie eine Stimme hinter sich, und als sie sich umdrehte, erblickte sie eine äußerst exzentrische Dame, Südstaatlerin durch und durch, so viel war sicher.

Sie trug eine rote, mit Papageien bedruckte Hose, ein weißes, ärmelloses Top mit Rüschenausschnitt und den riesigsten Sonnenhut, den Julie je gesehen hatte, mitsamt einer großen Blüte an der Seite. Und ihr Akzent schien direkt aus *Vom Winde verweht* zu stammen, eine schwere Südstaatenfreundlichkeit, wenn auch mit einer leicht herben Note.

»Ja, tatsächlich. Ich suche einen Supermarkt.«

»Oh, Schätzchen, der ist zwei Meilen in die andere Richtung. Sie sind nicht von hier, oder?« Ihre Stimme klang wie eine warme Decke aus Nostalgie.

»Nein, Ma'am. Ich bin erst letzte Woche nach Seagrove gezogen.«

»Verstehe. Wunderschöne Insel, aber ein bisschen wild.«

»Die Beschreibung trifft es ziemlich gut.«

»Entschuldigen Sie, wenn ich das so sage, meine Liebe, aber Sie sehen aus wie ein Schluck Wasser in der Kurve.«

Julie starrte sie an. »Tut mir leid, ich verstehe nicht, was Sie damit meinen.«

»Kommen Sie aus dem Norden?«

»Nein, aus Atlanta.«

»Gute Güte, was ist aus den Leuten in Atlanta geworden. Kennt denn niemand mehr die guten alten Südstaaten-Redewendungen? Dagegen müssen wir etwas unternehmen«, sagte sie schmunzelnd. »Kommen Sie mit.«

»Ich … äh …« Julie sah zu ihrem Wagen.

»Keine Sorge, die Parkplätze gehören mir, Sie werden also nicht abgeschleppt. Außerdem würde Billy vom Abschleppdienst mich ohnehin vorher fragen.«

Sie ging davon, und aus irgendeinem Grund hatte Julie das Gefühl, ihr folgen zu müssen. Sie wusste immer noch nicht, wo sie war, und in diesem Moment war diese Frau ihr einziger Anhaltspunkt.

»Ich bin übrigens Dixie«, sagte sie im Gehen und reichte Julie die perfekt manikürte Hand. Sie trug große, knallige Ringe, fast an jedem Finger, und die Venen auf ihrem Handrücken traten hervor wie dicke Seile, so wie Julie es von ihrer Großmutter kannte.

»Julie«, sagte sie, als beide vor einem kleinen Geschäft stehen blieben.

»Das ist meine Buchhandlung. Komm mit rein, Julie, und setz dich einen Moment zu mir«, sagte sie, als wäre sie geradewegs einem Südstaatenfilm entstiegen.

Als Julie ihr ins Ladeninnere folgte, klappte ihr die Kinnlade herunter. Noch nie war sie in einem so authentischen Buchladen gewesen. Zu Hause in Atlanta ging sie immer nur in die großen Buchhandelsketten, die alle gleich aussahen: hohe Decken, Neonlicht und überall dieselben Bücher in den Auslagen.

Doch dieser Laden war einzigartig. Die Bücherwände standen so dicht beieinander, dass man kaum hindurchgehen konnte, und am Eingang lag sogar ein kleiner, zotteliger Hund und sonnte sich in dem Licht, das durch das Schaufenster hereinfiel.

»Was für ein fantastischer Laden. Wie lange gehört er Ihnen schon?«

»Ich habe ihn eröffnet, als meine Jungs noch mit der Trommel um den Weihnachtsbaum gerannt sind, und das ist schon sehr lange her.«

Julie lächelte. »Ich werde wohl ein Südstaaten-Wörterbuch brauchen, um mich mit Ihnen zu unterhalten, Miss Dixie.«

»Nenn mich bitte einfach nur Dixie. Ich bin ohnehin steinalt, das musst du mir nicht noch unter die Nase reiben. Und um auf deine Frage zu antworten, ich habe diesen Laden vor mehr als zwanzig Jahren eröffnet. Meine Söhne gingen damals auf die Highschool, der Teil mit der Trommel war also ein bisschen geflunkert.«

»Dixie!«, rief eine Frau, die den Laden betrat.

»Entschuldige mich einen Augenblick, Liebes. Schau dich gerne um, wenn du möchtest.«

Dixie stand auf und begrüßte die Frau mit einer Umarmung.

Julie nutzte die Zeit, um durch den Laden zu schlendern. Der kleine Hund, auf dessen Halsband *Rhett* stand, folgte ihr und leckte ab und zu ihre Knöchel.

Sie konnte die Bücher riechen. In Buchhandelsketten roch es nicht mehr nach Büchern, nur noch nach Kaffee und hohen Preisen.

Doch dieser Ort schien aus einer anderen Zeit zu stammen. Die Lage zwischen einem Herrensalon und einem Antiquitätengeschäft schützte ihn davor, von Großunternehmen geschluckt zu werden.

Ein ganzes Regal galt allein *Vom Winde verweht*: Bücher und Souvenirs, es wirkte beinahe wie ein Schrein. Julie nahm an, dass die Besitzerin ein Fan war, zumal der kleine Hund Rhett hieß.

»Tut mir leid, Darling. Das war eine meiner Stammkundinnen.«

»Kein Problem. Du bist ein Fan von *Vom Winde verweht*?«

Dixie lachte. »Eigentlich mein verstorbener Mann. Das ist sozusagen mein Schrein für ihn. Wobei mir Rhett Butler durchaus gefällt.«

»Wie heißt der Laden?«

»Down Yonder Books«, sagte sie und breitete die Arme aus wie auf einer Bühne.

»Natürlich.« Julie musste kichern.

»Kann ich dir einen Sweet Tea anbieten?«

»Oh, eigentlich trinke ich keinen Sweet Tea, haben Sie auch ungesüßten Eistee?«

»Ein Sakrileg! Liebchen, wir servieren hier nichts ohne Zucker. Der versüßt das Leben.«

Dixie ging zum Eingang und schenkte zwei große Gläser Sweet Tea ein. Sie setzte sich an einen von drei Bistrotischen und deutete auf den Platz ihr gegenüber.

»Setz dich zu mir. Erzähl mir, was es Spannendes in deinem Leben gibt, Julie.«

»Okay, aber dann muss ich wirklich Lebensmittel einkaufen.« Sie setzte sich.

»Hier unten läuft das Leben langsamer, meine Liebe. Der Supermarkt kann sicher noch ein bisschen warten, oder nicht? Hilf einer alten Dame, sich weniger einsam zu fühlen, und erzähl mir etwas von dir.«

»Wie es aussieht, müsstest du der am wenigsten einsame Mensch in der ganzen Stadt sein«, sagte Julie schmunzelnd.

»Man kann Besuch bekommen und trotzdem einsam sein.«

»Dann entschuldige die falsche Annahme. Also, was könnte ich von mir erzählen?« Ganz in Gedanken trank Julie einen Schluck von ihrem Tee. Fast hätte sie ihn direkt wieder ausgespuckt, ihre Geschmacksknospen rebellierten gegen die klebrige Süße. Um die alte Dame nicht zu beleidigen, schluckte sie ihn dennoch hinunter, überzeugt, den körnigen Zucker in ihrer Speiseröhre zu spüren. »Ich bin frisch geschieden.«

»Dein Mann war ein Halunke?«

Julie lachte. »Woher weißt du das?«

»Meiner unvoreingenommenen Meinung nach gibt es drei Arten von Ehemännern. Gute, Halunken und tote.« Sie brach in schrilles Gelächter aus und gab Julie einen Klaps auf die Hand.

»In diesem Punkt sind wir uns wohl einig.« Julie trank noch einen Schluck. Vielleicht wurde sie von Minute zu Minute mehr zur Südstaatlerin, denn diesmal fand sie es schon nicht mehr ganz so schlimm.

»Also, was hat der Halunke getan?«

»Er hat mich nach zwanzig Jahren Ehe betrogen. Und die Neue geschwängert. Und jetzt heiraten sie.«

»Gute Güte, er ist wirklich ein Halunke! Nun, sie sollte nicht vergessen, dass er das, was er mit anderen macht, eines Tages auch mit ihr machen wird.« Es amüsierte Julie, dass Dixie genau das sagte, was sie selbst auf dem Parkplatz zu Victoria gesagt hatte.

»Ja, vielleicht. Nachdem unsere Kinder jetzt groß und aus dem Haus sind, wollten wir uns eigentlich ein Haus am Strand kaufen. Stattdessen bin ich auf dieser Insel gelandet und sitze in einem Haus am Rand des Marschlands, das eine komplette Bruchbude ist.

»Oh, ich glaube, ich weiß, welches du meinst. Hat es blaue Fensterläden?«

»Ja! Du kennst es?«

»Alte Freunde von mir haben lange dort gewohnt. Dann kennst du auch Dawson?«

»Das ist ja richtig unheimlich. Woher kennst du Dawson?«

»Herzchen, hier kennt jeder jeden! Dawson ist mit meinen Söhnen aufgewachsen. Sie sind alle zusammen zur Schule gegangen und haben sich manchmal ganz schön Ärger eingehandelt.«

»Wirklich? Jetzt macht Dawson so einen vernünftigen Eindruck.«

»Das kommt wohl mit dem Alter. Aber ich erinnere mich noch daran, wie er sich nachts aus dem Haus schlich und im Meer beim Nacktbaden mit Trina Cox erwischt wurde. Die war schon eine Nummer. Ich glaube, heute tanzt sie irgendwo in Alabama an der Stange.«

»Mit über vierzig?«

»Ich habe nicht behauptet, sie hätte viel Kundschaft«, sagte Dixie, ohne mit der Wimper zu zucken, und Julie lachte.

»Du bist mir ne Marke, Dixie. Ich bin froh, dass du mich da draußen aufgegabelt hast. Seit meinem Umzug letzte Woche fühle ich mich ein bisschen verloren. Dawson ist mein einziger Freund hier.«

»Er ist einer von den Guten.«

»Ja, das ist er. Und er übernimmt auch die Renovierungsarbeiten.«

»Gute Wahl. Der kriegt das alles wieder hin.«

»Also, ich sollte jetzt wirklich zum Einkaufen fahren. Meine Schwester wohnt bei mir, und wir stehen kurz vor dem Verhungern.«

»Du hast großes Glück, eine Schwester zu haben. Ich bin Einzelkind, und das ist manchmal ein sehr einsames Leben.«

»Keine Enkel?«

»Nein. Mein jüngster Sohn ist mit dreiundzwanzig gestorben.«

»Oh Gott, das tut mir so leid.«

»Ich würde gern sagen, dass es mit den Jahren leichter wird, aber das wäre gelogen. Ich vermisse ihn jeden Tag und weine immer noch manchmal.«

»Darf ich fragen, was passiert ist?«

»Ein Jagdunfall mit seinem Vater. Der arme Johnny war danach nie wieder derselbe.«

»Und dein älterer Sohn?«

»Von dem habe ich seit über zehn Jahren nichts gehört. Ich habe versucht, Kontakt aufzunehmen, aber er reagiert nicht. Soweit ich weiß, lebt er in Tennessee. Nach dem Verlust seines Bruders und seines Daddys war er einfach nicht mehr er selbst. Hat mir die Schuld am Tod seines Vaters gegeben.«

»Oh Mann. Das tut mir so leid, Dixie.«

»Johnny hatte Krebs. Mein Sohn William meinte, ich hätte ihn zwingen sollen, sich behandeln zu lassen. Johnny wollte keine Behandlung. Er wollte die Zeit, die ihm noch blieb, nicht mit Übelkeit verbringen. William fand, ich hätte mich durchsetzen sollen, aber das wollte ich nicht. Ein Mensch sollte das

Recht haben, seine eigenen Entscheidungen zu treffen, verstehst du, was ich meine?«

»Da bin ich ganz deiner Meinung. Dann hat er einfach den Kontakt abgebrochen?«

»Ja. Hat mir nach der Beerdigung die Meinung gesagt und ist abgehauen. Keine Postkarte, kein Brief, kein gar nichts.«

»Das muss schwer für dich sein. Ich kann mir nicht vorstellen, wie es wäre, nicht mehr mit meinen Töchtern zu reden.«

»Dann verstehst du jetzt, warum die Einsamkeit immer da ist, auch wenn ich von Menschen umgeben bin.«

Plötzlich tat Dixie ihr unendlich leid. Da war diese fantastische, extravagante, aufgeschlossene Frau, die einen hinreißenden Buchladen führte, und sie war einsam, obwohl wahrscheinlich jeder sie von Herzen liebte.

Das Leben konnte grausam sein.

Dixie stand auf, wischte sich nicht vorhandene Krümel von der Hose und ging zur Kasse. Sie nahm einen Stadtplan aus einem Plastikbehälter und griff nach einem Stift.

»Hier kommen viele Touristen vorbei, deshalb habe ich immer ein paar Stadtpläne zur Hand.«

Sie faltete den Plan auf, zeichnete ein paar Linien darauf und kreiste den nächstgelegenen Supermarkt ein. »Es ist gar nicht so weit. Nimm einfach diese Straße hier, und bei der Tankstelle biegst du rechts ab …«

»Vielen Dank, Dixie. Für den Plan und die Gesellschaft. Und wenn es dich auf die Insel verschlägt, weißt du ja, wo du mich findest. Bitte komm mich doch auch mal besuchen.«

»Ich werde dran denken. Hin und wieder sitze ich sehr gern am Marschland. Das tröstet die alte, müde Seele.«

»Du bist jederzeit willkommen.« Julie ergriff Dixies Hände und lächelte.

»Danke, dass du mir Gesellschaft geleistet hast.«

Julie ging zur Tür. »Oh, darf ich dich noch eine Sache fragen?«

»Natürlich.«

»Kennst du hier in der Stadt Therapie-Einrichtungen? Für jemanden, der traumatische Erfahrungen gemacht hat?«

»Ist alles okay mit dir, Liebes? Was hat der Halunke dir noch angetan?«

»Nein, es geht nicht um mich. Meine Schwester … sie braucht Hilfe.«

Dixie nickte wissend. »Verstehe. Unten in der Eller Street gibt es einen wunderbaren kostenlosen Therapiedienst. Hier ist eine Visitenkarte.« Sie pflückte eine Karte von einer riesigen Pinnwand hinter der Kasse.

»Vielen Dank.«

»Kein Problem. Und willkommen in der Stadt.«

»Ich glaube, ich werde mich hier sehr wohlfühlen«, sagte Julie. Und das glaubte sie wirklich.

Neuntes Kapitel

»Wir haben Strom? Ist das hier real? Bin ich tot? Muss ich aufs Licht zugehen?« Julie drehte sich im Wohnzimmer im Kreis und betrachtete die Lampe, die über ihr leuchtete.

»So real, wie es nur geht«, sagte Dawson mit einem trägen Lächeln auf den Lippen.

»Du bist ein Wundertäter.«

»Der eigentliche Wundertäter war der Mann von der Stromanbieterfirma. Ich habe ihn nur reingelassen.«

»Wir machen Fortschritte, oder? Ich meine, könnte das hier tatsächlich ein richtiges Haus werden?« Sie konnte kaum glauben, dass sie endlich wieder Hoffnung empfand. Sie hatte einen tollen Handwerker, mit dem sie außerdem befreundet war, sie hatte Lebensmittel, den Strand in der Nähe, sie arbeitete an der Beziehung zu ihrer Schwester, und jetzt hatte sie auch noch Licht. Und eine Klimaanlage!

Noch nie hatte sie sich so sehr über die einfachen Dinge im Leben gefreut. Früher war es um den High-End-Herd für ihre Gourmetküche gegangen, jetzt ging es um die kurbelbetriebene Campinglaterne, die sie zum halben Preis im Baumarkt ergattert hatte. Manchmal nahm das Leben seltsame Wendungen.

Trotzdem gab es immer noch Momente, in denen sie sich überfordert fühlte. Manchmal weinte sie über ihre zerbrochene Ehe und wünschte trotz allem, dass Michael bei ihr wäre, um sie in den Arm zu nehmen und ihr Halt zu geben. Das vermisste sie am meisten: das Gefühl, dass jemand hinter ihr stand.

»Wenn du nichts dagegen hast, würde ich heute etwas früher gehen. Ich muss im Hotel ein paar Arbeiten erledigen, für die ich Tageslicht brauche. Ist das okay?«

»Soll das ein Witz sein? Dawson, du bist seit dem ersten Tag von früh bis spät hier. Nimm dir so viel Zeit, wie du brauchst.«

»Danke. Gleich morgen früh fange ich an, das Wohnzimmer zu streichen.«

»Fantastisch. Ich kann es kaum erwarten, wenigstens *ein* Zimmer in diesem Haus richtig einzurichten.«

»Viel Spaß mit dem Strom heute Nacht.« Lächelnd hob er seinen abgenutzten Werkzeugkasten auf und ging zur Tür.

»Oh, den werde ich haben, glaub mir. Wenn Janine von ihrer Therapiegruppe zurückkommt, werden wir eine ›Dem Herrn sei Dank für Ben Franklin‹-Party schmeißen.«

Lachend zog Dawson die Tür hinter sich zu.

Julie ging auf die Terrasse. Sie stand da und betrachtete das Marschland, sah den Wind durch die langen Grashalme wehen. Es würde noch einige Stunden lang hell sein, und so nahm sie sich die Zeit, die Aussicht und die Gerüche ihrer neuen Heimat zu genießen.

Michael hätte es hier gehasst. Er war schon kein großer Strandfan, aber der Sumpf hätte ihm wohl den Rest gegeben. Bei diesem Gedanken musste sie lächeln.

Er hasste Dreck und hatte noch nie Spaß daran gehabt, in der Erde zu wühlen oder sich die Hände schmutzig zu machen. Im Grunde war er das genaue Gegenteil von Dawson.

Manchmal staunte sie, wenn sie Dawson bei der Arbeit sah. Er war ein ganzer Mann, keine Frage, aber er hatte auch eine sensible Seite, die man auf den ersten Blick nicht vermuten würde. Er war tiefgründig, aber auf eine Art, die nicht unnatürlich oder aufgesetzt wirkte. Er *war* einfach so.

Er konnte sowohl mit dem Hammer umgehen als auch tiefgehende Gespräche führen, eine Kombination, die sie bis vor wenigen Wochen noch gar nicht zu schätzen gewusst hatte.

Michael hatte jemanden kommen lassen, um bei ihnen zu Hause Bilder aufzuhängen. Er hatte eine Firma für die Gartenpflege engagiert, eine andere für die Poolpflege, und einmal im Jahr kam eine weitere Firma, die alle Lüftungsschächte reinigte. Julie konnte sich nicht erinnern, dass er jemals irgendwelche Arbeiten am Haus selbst verrichtet hätte. Mehr, als die Kartons von Amazon klein zu reißen und für die Müllabfuhr an die Straße zu stellen, hatte er nie gemacht.

Wie konnte ihr das in all den Jahren nie aufgefallen sein? Sie hatte sämtliche Windeln gewechselt, den Mädchen bei ihren Schulprojekten geholfen, sie zu fast allen Veranstaltungen gefahren und wieder abgeholt. Michael war zwar immer da gewesen, aber irgendwie auch nicht. Vielleicht hatte sie in all den Jahren mehr in ihre Ehe investiert als er.

Die Insel hatte die Eigenschaft, längst vergessen geglaubte Erinnerungen aus ihrem Gedächtnis aufsteigen zu lassen. Wie das eine Mal, als er von einer Geschäftsreise zurückkam und nach Parfüm roch. Als sie ihn darauf ansprach, wiegelte er ab und meinte, in einer seiner Besprechungen habe eine Frau praktisch in Parfüm gebadet, sodass alle anderen im Konferenzraum fast erstickt wären. Jetzt fragte sie sich, ob das stimmte. Hatte Victoria bei ihrer Begegnung Parfüm getragen? Sie kramte in ihrem Gedächtnis, konnte sich aber nicht entsinnen.

»Das Licht ist ja an!«, hörte sie Janine hinter sich mit einem Jubeln in der Stimme.

»Ja!« Julie klatschte in die Hände. »Ist das zu glauben?«

Janine lachte. »Du wärst wohl keine besonders gute Camperin.«

Julie lehnte sich ans Treppengeländer. »Ach, aber du?«

»Äh, ja, schon. Ich bin durch die ganze Welt gereist, falls du dich erinnerst, und war an ein paar sehr abgelegenen Fleckchen. Ich habe in Zelten und Tipis übernachtet, und ein paar Mal sogar im Gras unter freiem Himmel.«

Julie verdrehte die Augen. »Na klar.«

»Warum sagst du das in dem Ton?«

»Weil du so ein abenteuerliches Leben geführt hast. Meines ist daneben total langweilig.«

»Das habe ich nie gesagt, Julie. Das sagt niemand außer dir.«

»Meinetwegen. Lass uns nicht weiter darüber reden. Ich will mir nicht die gute Stimmung verderben. Das Licht brennt, die Luft ist kühl, und ich will dieses Wunder einfach nur genießen. Also, wie ist deine Gruppentherapie gelaufen?«

Janines Miene verdüsterte sich etwas. »Ganz okay. Ich bin immer noch nicht sicher, ob es das Richtige für mich ist.«

»Du brichst aber nicht ab, oder?«, fragte Julie, eine Spur vorwurfsvoller, als sie es beabsichtigt hatte.

Janine zögerte. »Nein. Zumindest *noch* nicht. Ich gebe der Sache eine Chance.«

»Gut.« Julie sah an ihrer Schwester vorbei zu der geöffneten Glasschiebetür. »Ich glaube, die lasse ich von Dawson durch Flügeltüren ersetzen, was meinst du?«

Janine drehte sich um. »Liegt das im Budget?«

Die beiden Frauen gingen zurück ins Haus. Julie ließ den Blick über die vielen Dinge schweifen, die noch zu tun waren.

»Im Grunde liegt gar nichts im Budget. Ich überlege, mir eine Arbeit zu suchen.«

»Arbeit, du?«

»Ist das dein Ernst? Ausgerechnet du bist da skeptisch? Du, die du jahrelang durch die Welt getingelt bist?«

»Äh, ich habe die meiste Zeit davon gearbeitet, Julie.«

»Als Yogalehrerin.« Julie wusste selbst nicht, warum sie so darauf herumritt. Im Grunde war daran ja nichts verkehrt. Nur die Vorstellung, wie Janine in ihrer gebatikten Yogahose Mantras aufsagte und die Augen nach oben verdrehte, als würde sie Geister aus dem Jenseits beschwören.

Für Julie war sie immer noch das kleine Mädchen, das ständig in der Nase gebohrt hatte, dessen Zimmer ein Saustall gewesen war und das sich ausgerechnet vor Grashüpfern fürchtete.

Es war schwer, sie sich als Profi in irgendetwas vorzustellen, als jemanden, die sich tatsächlich mit etwas auskannte. Oder vielleicht fühlte sie sich auch minderwertig, weil sie selbst nie richtig gelebt hatte. Weil sie immer auf Nummer Sicher gegangen und dafür verlassen worden war.

»Yoga zu unterrichten, ist Arbeit, ob du das nun glauben willst oder nicht, Julie.«

»Also gut. Du hast recht.« Sie warf die Hände in die Luft und ging in die Küche, um sich eine Flasche Wasser zu holen. Der frisch an diesem Morgen gelieferte Kühlschrank war schon herrlich kalt. Strom war wirklich eine tolle Erfindung.

»Du glaubst mir nicht.«

»Was spielt das für eine Rolle, Janine?« Sie trank einen langen Zug aus der Flasche.

»Es ist mir wichtig, dass meine Schwester weiß, womit ich meinen Lebensunterhalt verdiene.«

»Verdient hast.« Das hätte sie nicht sagen sollen, das wusste sie. Ihrer Schwester die unfreiwillige Pause vom Job unter die Nase zu reiben, war nicht fair. Es war richtig gemein.

»Vielen Dank.« Janine wandte sich ab und ging ins Schlafzimmer.

»Warte, Janine«, rief Julie ihr nach und lief ihr durchs Wohnzimmer hinterher. »Das war nicht so gemeint. Es tut mir leid.«

Janine blieb abrupt stehen und drehte sich um. »Ich kann nichts für das, was mir passiert ist. Du hast gesagt, es sei nicht meine Schuld gewesen. Hast du das überhaupt ernst gemeint?«

Julie fühlte sich schrecklich. »Natürlich habe ich das ernst gemeint. Ehrlich, ich bin im Moment nur müde und gestresst. Wie kann ich es wiedergutmachen?«

Janine dachte kurz nach, dann lächelte sie spitzbübisch, fast so wie früher als Kind. »Du könntest mit mir Yoga machen.«

»Was?«

»Eine Yogastunde.«

»Wo?«

»Hier. Jetzt gleich.« Sofort fing sie an, den Boden freizuräumen und die herumliegenden Vorräte und Müll an den Wänden aufzustapeln.

»Nein ... ich bin wirklich müde.«

Janine drückte ihren Arm. »Dann ist Yoga gerade jetzt genau das Richtige. Es wird dich erfrischen und dafür sorgen, dass du nachher gut schläfst.« Sie verschwand im Flur, um gleich darauf mit einer Yogamatte und einem Handtuch wieder aufzutauchen. »Ich nehme das Handtuch.«

»Janine ... «

»Denk nicht so viel nach. Ich zeige dir einfach, was ich so mache. Und was Yoga bewirken kann.«

Julie zögerte. »Okay. Aber nur ein paar Minuten, es ist Zeit fürs Abendessen.«

Janine strahlte, wie sie es bei ihrem ganzen Besuch hier noch nicht getan hatte. »Super. Also gut, fangen wir mit der Berghaltung an. Spür deine Füße auf dem Boden, als würdest du dich mit Mutter Erde verbinden …«

Julie verdrehte die Augen. »Mutter Erde?«

»Gut, dir zuliebe lasse ich den esoterischen Teil weg.«

»Danke.«

»Okay, also bleib in dieser Haltung stehen und drück dich mit den Zehen in den Boden …«

Sie nahmen eine Pose nach der anderen ein, bis Julie förmlich zu einer Pfütze zerfloss. Unglaublich, mit welcher Leichtigkeit und katzenhaften Geschmeidigkeit sich ihre Schwester von einer Position in die nächste bewegte. Ihre Glieder und Muskeln bogen und verdrehten sich auf eine Weise, die Julie sich vorher nicht hätte vorstellen können. Am Ende saß Janine im Lotossitz auf dem Boden, während Julie hintenüberkippte, die Arme von sich streckte und ihre Brust sich schwer hob und senkte.

»Meine Güte, das ist härter, als es aussieht. War das Mittelstufe oder fortgeschritten?«

Janine kicherte. »Das unterrichte ich im Anfängerkurs.«

Julie lachte gackernd. »Du lügst.«

»Tu ich nicht. Auf Bali hatte ich alte Damen in meinem Kurs, die das gemacht haben.«

»Bali? Wie war es da?«, fragte Julie. Sie setzte sich auf und fächerte sich Luft zu.

»Der Himmel auf Erden. Ehrlich, der schönste Ort, an dem ich je gelebt habe.«

»Und was ist mit deinem Sommer in Italien?«

»So viel habe ich in meinem ganzen Leben noch nicht gegessen. Ich habe in einem kleinen Dorf Yogakurse gegeben. Es war so malerisch, und die Menschen waren einfach reizend.«

»Ich wünschte, ich hätte auch Geschichten zu erzählen«, sagte Julie traurig.

»Das hast du doch, Julie. Über die Familie. Und darauf kommt es an.«

»Wird wohl so sein.«

»Das ist mein Ernst. Ich habe mein Leben genossen, jedenfalls meistens. Aber ich bereue, dass ich nie irgendwo richtig angekommen bin und eine Familie gegründet habe. Mir ist wohl die Zeit davongelaufen.«

»Wirklich? Das bereust du? Ich dachte immer, du willst einfach keine Kinder.«

Janine stand auf und ging in die Küche. Sie öffnete den Kühlschrank, nahm zwei Fertigsalate heraus, die Julie gekauft hatte, und kam damit zurück zu ihrer Schwester.

»Ich wollte immer Kinder, habe aber nie den richtigen Mann getroffen.«

Julie nahm einen Salat entgegen und klappte den Plastikdeckel auf. Sie verteilte den Inhalt des Tütchens mit italienischem Dressing darüber und packte die Plastikgabel aus.

»Du hast noch genug Zeit, den richtigen Mann zu finden.«

»Vielleicht. Aber die Zeit, ein Kind zu bekommen, ist vorbei.«

Julie kaute und schluckte. »Man weiß nie, was das Leben noch auf lager hat. Ich meine, hättest du dir je vorgestellt, dass wir mit Mitte vierzig zusammenwohnen, in meiner Bruchbude auf dem Fußboden hocken und Salat aus Plastikschalen essen?«

Janine kicherte. »Wir leben unseren Traum, was?«

»Ganz klar, keine Frage. Und wenn du wirklich deinen Traum leben willst, kannst du mir heute Abend helfen, das Zimmer hier zu streichen.«

Janine hielt inne, ihr stand der Mund offen. »Du weißt, wie sehr ich streichen hasse.«

»Na ja, meine absolute Lieblingsbeschäftigung ist es auch nicht. Dawson wollte es eigentlich morgen machen, aber wenn er es nicht zu tun braucht, kann ich vielleicht ein bisschen Geld sparen.«

Janine starrte sie mit zusammengekniffenen Augen finster an. »Also gut. Aber nur, weil ich im Moment mietfrei hier wohnen darf. Sonst hätte ich allein bei dem Wort Streichen meine Sachen gepackt und das Weite gesucht.«

Nachdem sie ihren Salat aufgegessen hatten, bereiteten sie das Wohnzimmer für den Anstrich vor. Janine klebte die Decken- und Fußleisten ab, während Julie den Farbeimer öffnete und umrührte. In Wahrheit hatte sie selbst auch noch nicht allzu viele Wände gestrichen, aber so kompliziert konnte das ja nicht sein. Zu zweit würden sie es bestimmt hinkriegen.

Sie legten die Abdeckplane aus, die Dawson zusammengefaltet in einer Ecke deponiert hatte. Außerdem fand Julie eine Vorrichtung, die Dawson hiergelassen haben musste. Es sah aus wie eine Farbrolle an einer langen Stange mit einem Hohlraum im Inneren. Sie nahm an, dass dort die Farbe hineingegossen werden musste, und beschloss, das selbst zu machen.

»Sei lieber vorsichtig mit de…«, sagte Janine, als Julie versuchte, die Farbe aus dem großen Eimer in die kleine Röhre zu gießen. Nach wenigen Sekunden floss die Farbe an der Stange entlang auf den Holzboden.

»Oh nein«, sagte sie, ließ alles auf die Abdeckplane fallen und versuchte, die Farbe mit dem Handtuch vom Yoga aufzuwischen. Doch sie verteilte sie nur.

»Was tust du da? Ich glaube, du machst es nur noch schlimmer«, sagte Janine.

»Sag bloß. Erzähl mir was, das ich noch nicht weiß«, sagte Julie sarkastisch.

Janine stützte die Hände in die Hüften, wie sie es schon als kleines Mädchen getan hatte. »Soll ich dir jetzt helfen oder nicht?«

»Nein, es ist viel besser, wenn du mit den Händen in den Hüften dastehst und mich anstarrst. Kannst du mir wenigstens ein paar nasse Papiertücher holen?«

So lief es immer. Die beiden konnten nichts gemeinsam tun, ohne sich schon nach wenigen Sekunden zu streiten. Auch aus diesem Grund hatte Julie bisher keinen Versuch unternommen, ihre Beziehung wieder zu kitten. Es war zu viel Arbeit, zu viel Streit um alberne Kleinigkeiten. Über die Dinge unter der Oberfläche, um die es eigentlich ging, stritten sie nie.

»Bitte.« Janine reichte ihr einige Papiertücher, die sie mit Wasser getränkt hatte.

»Meinst du, ich kann mit so ein paar mickrigen Stückchen Papier die ganze Farbe aufwischen? Vergiss es, ich hol es mir selber.«

Julie stand auf und joggte in die Küche, um eine Rolle Küchenpapier und eine Tasse Wasser zu holen.

»Wenn du mir genauer gesagt hättest, was du willst, hätte ich es dir gebracht«, sagte Janine genervt.

»Ich dachte, du könntest mitdenken. Du bist eine erwachsene Frau.«

»Na ja, du bist auch eine erwachsene Frau. Und offenbar kommunizierst du kein bisschen besser als früher. Vielleicht ist deshalb zwischen euch …«, sie brach ab und schlug sich die Hand vor den Mund. Sie wusste genau, dass sie zu weit gegangen war.

Julie stand auf und trat vor ihre Schwester, ihre Wangenmuskeln zuckten.

»Ah, ich verstehe. Meinst du, meine Ehe ist zerbrochen, weil ich nicht kommunizieren kann? Und nicht etwa, weil mein Mann sich lieber mit diesem Flittchen in Boston einlassen wollte?«

»Das habe ich nicht so gemeint. Ich war nur wütend.«

»Ich glaube, du hast es sehr wohl so gemeint. Und ich meine das hier so.« Julie bückte sich, nahm eine Handvoll eierschalenweiße Farbe und schleuderte sie nach ihrer Schwester. Sie klatschte Janine ins Gesicht und in ihre Locken. Janines Augen weiteten sich, mit offenem Mund starrte sie erst auf ihr T-Shirt und dann ihre Schwester an.

»Ernsthaft jetzt? Wie alt bist du?« Doch bevor Julie darauf antworten konnte, bückte Janine sich und griff nun ihrerseits in die Farbe, um sie auf Julies T-Shirt zu schmieren.

»Okay, du hast es nicht anders gewollt!« Julie griff erneut in die Farbe und jagte ihre Schwester damit quer durchs Zimmer.

Die nächsten zehn Minuten beschmierten sich die beiden Frauen gegenseitig von oben bis unten mit Farbe. Manchmal trafen sie versehentlich auch die Wände, und als sie fertig waren, sah der Raum aus wie ein Tatort in Eierschale. Sie rannten durch die Gegend wie unreife Teenager, und Julie wusste, dass sie aufhören sollten. Doch der logisch denkende Teil ihres Gehirns schien gerade nicht das Kommando zu haben. Sie war wieder wie ein Kind, das mit seiner großen Schwester stritt und um jeden Preis gewinnen wollte.

»Oh mein Gott, sieh nur, was wir angerichtet haben«, sagte Julie, als beide atemlos und von oben bis unten voller Farbe in entgegengesetzten Ecken des Raums standen. Keine von beiden hatte einen einzigen Zentimeter ohne eierschalenweiße Farbe am Leib. Julie konnte kaum noch aus den Augen gucken.

Janine sah sich um. »Dawson bringt uns um. Wir haben die ganze Farbe verschwendet und obendrein die Wände und den Fußboden versaut.«

Julie ließ sich an der Wand hinunter zu Boden gleiten und wischte sich mit der Innenseite ihres T-Shirts die Augen frei.

»Was haben wir nur getan. Da wollte ich Geld sparen, und jetzt muss Dawson den Boden wahrscheinlich noch mal neu abschleifen, und die Wände brauchen eine Spezialbehandlung.«

Janine fing an zu lachen. »Da wirst du dir wohl wirklich einen Job suchen müssen.«

»Ach, du findest das lustig? Wenn du einen blassen Schimmer davon hättest, wie man verschüttete Farbe aufwischt, hätten wir dieses Schlamassel jetzt nicht.«

Janine setzte sich neben sie. »Du wirst mir dafür nicht die Schuld zuschieben. *Du* bist hier das Genie, das die Farbe ohne Trichter in die Rolle kippen wollte.«

»Das hättest du mir ja vorschlagen können. Du hast doch gesehen, was ich mache.«

Einige Augenblicke lang saßen die beiden Frauen einfach nur mit dem Rücken zur Wand da.

»Meinst du, es besteht irgendeine Hoffnung, dass wir beide uns je verstehen werden?«, fragte Julie schließlich.

»Ich glaube schon. Als wir klein waren, hat es ja funktioniert. Vielleicht solltest du mal mit zur Therapie kommen.«

Julie lachte. »Nein. Da hätte ich nichts zu erzählen.«

»Vielleicht ja doch. Ich meine, du hast gerade eine furchtbare Trennung hinter dir, vielleicht möchtest du wenigstens *darüber* sprechen?«

»Nimm's mir nicht übel, aber ich will nicht mit einem Haufen Fremder über meine Probleme reden. Die Arbeit hier am Haus wird mir sicher helfen, mein altes Ich wiederzufinden.«

»Und das willst du? Dein altes Ich?«

»Was soll das denn jetzt bitte heißen?«

»Ich meine nur, warst du glücklich mit deinem alten Ich?«

»Ich dachte es jedenfalls. Bis zu dem Moment, als Michael von seiner Geschäftsreise zurückkam und unser Leben ins Trudeln brachte, dachte ich, ich wäre glücklich. Dass ich alles hätte, was ich mir immer gewünscht habe. Wir wollten an den Strand ziehen und den Rest unseres Lebens nur noch am Wasser entlangradeln und im Café sitzen. Ich hätte nie damit gerechnet, dass er mir derart den Boden unter den Füßen wegziehen würde.«

»Ich will ja nicht, dass du gleich wieder wütend wirst. Da unten steht bestimmt irgendwo noch ein Kanister Farbe … Aber ich glaube, du hattest diese Wunschvorstellung von einem perfekten Leben. Nach außen sah alles wunderbar aus. Aber ich hatte lange das Gefühl, dass du nicht mehr die Schwester bist, die ich von früher kannte. Ich hatte das Gefühl, dass du dich in diesem Leben vielleicht nur eingerichtet hast.«

Julie wusste, dass ihre Schwester recht hatte. Aber das würde sie garantiert nicht zugeben.

»Ich glaube, ich habe für heute genug. Außerdem bin ich ziemlich sicher, dass wir morgen früh von Dawsons Schreien geweckt werden. Also, ich gehe jetzt duschen und dann ins Bett.«

»Ich auch. War ein langer Tag.«

Die beiden Frauen standen auf, schalteten die Lichter aus und verriegelten die Türen. Es war keine Menschenseele in der Nähe, und ihre Nachbarn auf der Insel lebten alle schon ewig hier. Sicher war das hier kein Kriminalitätsbrennpunkt, aber gewisse häusliche Sicherheitsvorkehrungen war sie aus ihrem Vorstadtleben gewohnt.

»Hey, Julie?«

»Ja?«

»Tut mir leid, dass wir immer noch nicht so gut miteinander auskommen.«

»Mir auch.«

»Ich meine, vielleicht hast du recht. Vielleicht werden wir nie die Beziehung haben, die wir uns wünschen. Aber vielleicht können wir dieses Jahr zu Weihnachten wenigstens zusammen an einem Tisch sitzen. Das wäre doch ein Fortschritt, oder nicht?«

Julie dachte einen Moment lang nach. »Ja, das wäre ein Fortschritt.« Auf dem Weg ins Schlafzimmer wandte sie das Gesicht ab, damit Janine die Traurigkeit auf ihren Zügen nicht sah. Sie wünschte sich so viel mehr von ihrer Beziehung, aber vielleicht sollte es einfach nicht sein.

Zehntes Kapitel

»Ich weiß nicht, was ich sagen soll.« Dawson ließ den Blick langsam durch den Raum wandern. Seine grünen Augen wurden immer größer. Julie fühlte sich wie ein Kind, das gleich von ihrem Vater ausgeschimpft wird.

»Es tut uns so leid, Dawson. Wir wollten dir helfen, indem wir das Zimmer streichen, und dann …«

»Tut mir einen Gefallen, Ladies, versucht nie wieder, mir zu helfen.«

Janine kicherte leise, merkte dann aber, dass Dawson sie mit undurchdringlicher Miene ansah. »Tut mir leid«, sagte sie.

Dawson bückte sich, um eine der Abdeckplanen aufzuheben, die er ordentlich gefaltet in einer Ecke deponiert hatte. Einen Augenblick lang starrte er das Plastik an, knüllte es dann zusammen und warf es in einen leeren orangefarbenen Eimer.

Janine sah ihre Schwester an. Sie wusste nicht, was sie sagen sollte. Julie deutete mit dem Kinn Richtung Eingangstür, um ihr zu vermitteln, sie solle für eine Weile aus der Schusslinie verschwinden. Janine huschte davon, wahrscheinlich froh, von hier wegzukommen.

Vielleicht war er wirklich wütend, dachte Julie, während er

anfing, die Sauerei zu beseitigen, die sie angerichtet hatten. Sie bückte sich nach einem Pinsel, den sie ihrer Schwester an den Kopf geworfen hatte.

»Es tut mir wirklich so leid, Dawson. Lass mich bitte hier sauber machen.«

Er wich ihrem Blick aus. »Ich weiß das Angebot zu schätzen, aber ich muss mich an meinen Plan halten. Und für heute steht Streichen auf dem Plan.« Er sah sich weiter um. Hin und wieder blieb er stehen und starrte auf den farbverschmierten Boden, als wüsste er nicht recht, was er tun sollte.

Er nahm sein Handy aus der Tasche und schrieb eine Nachricht. Dann machte er sich wieder an die Arbeit. Julie fühlte sich furchtbar. Dieser Mann war zwar ihr bester Freund hier auf der Insel, aber praktisch immer noch ein Fremder für sie. Trotzdem hasste sie das Gefühl, dass er wütend auf sie war.

»Müssen wir den Boden sandstrahlen oder so etwas?«, fragte sie schließlich.

»Ich habe meinem Mitarbeiter geschrieben. Er kommt morgen vorbei, um sich anzusehen, was er tun kann.«

Julie nickte, obwohl er sie nicht ansah, sondern sich wieder ans Aufräumen machte. Sie sah, dass er die Fußleisten neu abklebte, und dachte, sie könne ihm zumindest dabei helfen. Als er das Klebeband kurz weglegte, nahm sie es an sich, und ehe er sie daran hindern konnte, riss sie einen langen Streifen ab.

»Du brauchst das nicht zu tun, Julie. Das ist mein Job.«

»Bitte lass mich dir helfen. Ich habe ein schlechtes Gewissen, und es ist mir peinlich.«

Endlich wandte er sich zu ihr um und sah sie an. »Was ist eigentlich passiert?«

Sie drückte das Klebeband fest. »Meine Schwester und ich, das ist passiert. Wir sind wie Öl und Wasser und können uns gegenseitig leicht zur Weißglut bringen. Sie hat etwas gesagt, oder vielleicht habe ich zuerst etwas gesagt ... ich weiß es nicht mal mehr. Und ehe ich mich's versah, beschmissen wir uns gegenseitig mit Farbe.«

Er lächelte leicht. »Das hat wohl ganz schön Druck vom Ventil eurer Beziehung genommen, was?«

»Für den Augenblick schon. Aber dann wurde uns klar, was wir getan hatten. Als wir die Sauerei wegmachen wollten, wurde es nur noch schlimmer. Wir haben nicht daran gedacht, was das für dich bedeuten würde, das tut mir leid.«

Dawson schmunzelte. »Schon gut, ehrlich. Klar, ich war ein bisschen schockiert, aber ich weiß, wie das mit Geschwistern ist. Vielleicht geht ihr für so etwas nächstes Mal nach draußen?«

Julie nickte. Sie war erleichtert, dass er nicht sauer war. »Machen wir.« Sie zog ein weiteres Stück Klebeband von der Rolle und bückte sich, um es auf der Fußleiste anzubringen. »Du kennst nicht zufällig eine ältere Dame auf dem Festland, die Dixie heißt und einen Buchladen hat?«

»Oh, natürlich. Jeder kennt Dixie. Mit der Turmfrisur und ihrer lauten Stimme kommt man nicht an ihr vorbei«, sagte er schmunzelnd, ein Ausdruck von Vertrautheit lag auf seinen Zügen.

»Sie hat mir von dir und Trina Cox erzählt.«

Er blieb abrupt stehen und blickte starr auf die Wand, sein Gesicht färbte sich tiefrot, wie sie es bei ihm noch nie erlebt hatte. »Was?«

Julie kicherte. »Ihr seid nackt baden gewesen, ihr zwei?«

»Wir sind hier am Meer. Jeder geht mal nackt baden«, versuchte er, die Sache herunterzuspielen. »Was hat sie dir sonst noch erzählt?«

»Nichts. Sie hat hauptsächlich von ihrem Leben erzählt.«

»Und ihren Söhnen?«

»Ja.«

Dawson legte seine Arbeit nieder und lehnte sich an die Wand. »Du weißt, dass ihr jüngerer Sohn gestorben ist?«

»Sie hat es mir erzählt.«

»Das hätte sie fast umgebracht. Aber sie ist eine unglaublich starke Frau.«

»Sie hat mir auch von ihrem älteren Sohn William erzählt.«

»Ja, der ist ein bisschen schwierig. Als Jugendliche waren wir befreundet. Netter Junge. Ging gern angeln und surfen. Aber als sein Vater krank wurde und Dixie sich nach dessen Wünschen richtete, da muss er wohl irgendwie den Verstand verloren haben. Schätze, er hat unbedingt jemanden gebraucht, dem er die Schuld am Tod seines Vaters geben konnte. Hab ihn seit Jahren nicht mehr gesehen.«

»Dixie auch nicht. Sie sagt, er antwortet nicht auf ihre Briefe. Es ist so traurig. Die Vorstellung, ich könnte meine Töchter verlieren, ist furchtbar.«

Dawson machte sich wieder an die Arbeit, er riss lange Streifen Klebeband ab und brachte sie an der Wand an. »Es ist schon verrückt mit der Familie. Manchmal ist sie alles, was man hat, und manchmal ist sie der schlimmste Feind.«

Während sie weiterarbeiteten, unterhielten sie sich über alles und nichts. Julie war überrascht, wie gut sie sich verstanden und wie viel sie gemeinsam hatten. Die gleiche Lieblingsfarbe: das Himmelblau, wie man es nur am Meer sieht. Das gleiche Lieblingstier: Hunde, natürlich. Der gleiche Lieblingsfeiertag: Weihnachten. Vielleicht nichts Weltbewegendes, aber immerhin vermittelte es ihr ein Gefühl von Verbundenheit.

»Wenn ich heute noch fertig werden will, sollte ich jetzt anfangen zu streichen. Du hast hoffentlich nichts dagegen, wenn ich gegen fünf Schluss mache?«

»Nein, natürlich nicht. Gibt es noch mehr am Hotel zu tun?«

Dawson schien sich unwohl zu fühlen. »Nein. Ehrlich gesagt habe ich heute Abend ein Date.«

Julie erstarrte für einen Moment. Warum war ihr diese Vorstellung unangenehm? Sie steckte mitten in einer Scheidung, und ihr Herz war noch nicht annähernd bereit für eine neue Liebe. Sie wusste nicht einmal, ob es das je wieder sein würde.

»Dir gefällt es da also wirklich?«, fragte Colleen am anderen Ende der Leitung.

»Ja, wirklich. Ich meine, es ist nicht ganz das, was ich mir vorgestellt hatte, aber es wächst mir ans Herz.«

»Und dieser Typ, dieser Dawson?«

»Hast du etwa mit deiner Oma gesprochen?« Julie verdrehte die Augen so heftig, dass sie glaubte, Colleen müsse es über all die Kilometer hinweg hören können.

»Möglich.«

»Also, er ist mein Handwerker. Und ein guter Freund. Aber das ist alles.«

»Mom, es ist okay, wenn du dich für jemanden interessierst. Ich meine, Dad …« Sie unterbrach sich.

»Was ist mit Dad? Hat mich betrogen, eine andere Frau geschwängert und ihr dann einen Antrag gemacht?«

Ohrenbetäubende Stille. Julie wünschte, sie könnte ihre Worte zurücknehmen. Sie hatte nie zu diesen Menschen gehören wollen, die vor ihren Kindern schlecht über ihren Ex redeten.

»Tut mir leid, das hätte ich nicht sagen sollen.«

»Ich versteh schon, Mom. An deiner Stelle wäre ich auch rasend wütend. Ehrlich gesagt, weiß ich im Moment selbst nicht, wie ich zu ihm stehe. Aber er ist immer noch mein Dad …«

»Ich weiß, dass du ihn liebst, Colleen. Und das sollst du auch.

Er war dir und Meg ein guter Vater. Und viele Jahre war er auch ein guter Ehemann.« Fast hätte sie noch hinzugefügt »soweit ich weiß«, konnte sich aber gerade noch bremsen.

»Du sollst nur wissen, dass Meg und ich ganz sicher kein Problem damit hätten, wenn du diesen Mann triffst. Oder irgendeinen Mann, solange er nett zu dir ist und dich gut behandelt.«

Julie lächelte. »Schatz, ich bin noch nicht bereit, mit jemandem auszugehen. Vielleicht werde ich das nie wieder sein.«

»Sag so etwas nicht. Du bist zu jung, um für immer allein zu bleiben.«

Julie blickte aus dem Schaufenster von Dixies Buchladen auf die vorbeifahrenden Autos und stellte sich vor, wie es wäre, allein zu bleiben. Die Feiertage allein zu verbringen. Geburtstage allein zu feiern. Die Vorstellung war zu viel für sie. Aber gleichzeitig wollte sie sich nicht an irgendeinen Mann binden, nur um nicht allein zu sein. Wie traurig war das denn, bitte?

»Wie gesagt, Dawson ist nur ein Freund. Und außerdem hatte er gestern Abend ein Date, er ist also ohnehin nicht an mir interessiert.«

Colleen kicherte. »Scheint ein wunder Punkt zu sein.«

»Sehr witzig. Ich muss jetzt Schluss machen. Meine andere neue Freundin, Dixie, bringt mir nämlich gerade den wohl größten Cupcake, den ich je gesehen habe. Bis ganz bald, ja?« Damit legte sie auf.

Was Dixie in der Hand hatte, war eher ein kleiner Kuchen, Cupcakes sollten nicht derart riesig sein. Er war dick mit weißer Buttercreme verziert.

»Ach, du meine Güte, was ist das denn?«, fragte Julie. Dixie setzte sich zu ihr an den kleinen Bistrotisch, den sie vor ihrem Buchladen auf dem Gehweg aufgestellt hatte.

»Heute war ein neuer Anbieter da und hat diese Kostprobe dagelassen, es ist ein Red Velvet, und ich dachte, ich teile ihn mit dir.« Dixie reichte ihr eine Gabel.

»Das ist eine Kostprobe?«

»Er sagt, sie backen die weltgrößten Cupcakes. Ich finde ja, es ist einfach ein Kuchen, aber das habe ich ihm nicht gesagt.«

Julie schmunzelte. »Und? Wie läuft das Geschäft?«

»Es nimmt Fahrt auf, aber ich muss immer noch früher schließen«, sagte sie und biss herzhaft in die weiße Cremehaube.

»Früher schließen? Warum das?«

»Nun, Chelsea, die mir nachmittags aushilft, geht wieder in Charleston aufs College. Und ich hatte noch keine Zeit, eine Stellenanzeige zu schalten, um Ersatz zu suchen. Zu dieser Jahreszeit ist einfach zu viel los. Das ist heute die erste Flaute.«

»Das ist doch gut, oder?«

»An sich schon, aber ich werde älter und könnte gut ein bisschen Freizeit gebrauchen. Mir fehlt die Zeit, am Strand in der Sonne zu sitzen oder ehrenamtlich Delfine zu zählen.«

»Delfine zählen?«

»Ja, ich arbeite gern als freiwillige Helferin für einen Verein hier aus der Gegend. Jedes Jahr zählen wir die Delfine, um der Wissenschaft zu helfen, das Verhalten der Tiere zu erforschen, und ihre Art zu erhalten. Das habe ich viele Jahre lang gemacht, aber in den letzten beiden Jahren bin ich nicht mehr dazu gekommen.«

»Das klingt spannend.«

»Tierschutz ist so wichtig, und hier in der Gegend gibt es eine Menge zu tun.«

Julie nahm sich vor, mehr über die Wildtiere in dieser Gegend zu lernen.

»Kann ich dir vielleicht helfen, Dixie?«

»Was meinst du?«

»Na ja, ich suche eine Teilzeitstelle. Könntest du dir vorstellen, mich einzustellen?«

Ein breites Lächeln erstrahlte auf Dixies Gesicht. »Ernsthaft? Ich fände es wunderbar, wenn du hier arbeitest!«

»Ich muss gestehen, dass ich noch nie in einer Buchhandlung gearbeitet habe, aber ich bin lernfähig.«

Dixie tätschelte Julies Hand. »Du wirst das fantastisch machen, da bin ich ganz sicher. Ich kümmere mich um den Papierkram, und dann kannst du lieber gestern als heute anfangen. Ich freu mich so!« Sie verschwand im Laden. Lachend probierte Julie den Cupcake. Die klebrige Süße war fast zu viel für sie, aber er war einfach zu gut, um nicht doch einen zweiten Bissen zu nehmen.

»Na, schmeckt's?«

Sie hob den Kopf und sah Dawson im Gegenlicht der Sonne stehen. Er sah aus wie ein Engel, der zur Erde herabgestiegen war, um über Julies ungesundes Essverhalten zu richten.

»Oh, hi. Du hast mich erschreckt.«

»Tut mir leid.« Er setzte sich zu ihr an den Tisch. Auf dem zierlichen schmiedeeisernen Stuhl wirkte seine große Gestalt noch eindrucksvoller.

»Schon gut. Dixie wollte, dass ich diesen Cupcake probiere.«

»Das ist ein Cupcake? Sieht eher aus wie eine kleine Hochzeitstorte.« Er nahm mit der Fingerspitze etwas Buttercreme auf und leckte sie ab. Hui. Das war aufregender anzuschauen, als Julie erwartet hatte.

»Tja, ich weiß nur, dass er lecker ist«, sagte Julie. Er sah sie lange an, und ein schiefes Lächeln umspielte seine Lippen. »Was?«

»Du hast da ein bisschen Buttercreme. Hier …« Er deutete darauf, dann streckte er einfach die Hand aus und fuhr ihr mit dem Daumen über den Mundwinkel. Gütiger Himmel, es war so lange her, dass ein Mann ihr Gesicht auf diese Art berührt hatte. Er war nur ein Freund. Er war nur ein Freund. Diesen Satz sagte sie sich in Gedanken immer wieder vor.

»Danke«, sagte sie und hoffte, er würde das Zittern in ihrer Stimme nicht hören. Zum Glück kam in diesem Moment Dixie in ihrer typisch extravaganten Art aus dem Laden gerauscht und rettete sie aus der Verlegenheit.

»Hier, bitte, meine Liebe. Nur ein bisschen lästiger Papierkram, und schon sind wir Kolleginnen. Oh, hallo Dawson«, sagte sie dann, als ihr endlich auffiel, dass er auf ihrem Platz saß.

Dawson stand auf und gab Dixie einen Kuss auf die Wange. »Hallo, schöne Dame. Was höre ich da von Kolleginnen?«

Breit lächelnd legte Dixie den Arm um Dawsons Taille, der Mann ragte neben ihr auf wie ein Baum. »Julie hat angeboten, hier zu arbeiten, damit ich ein bisschen Freizeit habe, ist das nicht fantastisch?«

Mit einem Lächeln sah er erst Dixie an und dann Julie. »Das ist ja wunderbar. Mit dieser wundervollen Lady zu arbeiten, wird dir bestimmt viel Spaß machen.«

»Ach, er ist immer so reizend.« Dixie drückte ihn fester an sich. »Weißt du, er ist wie ein Sohn für mich.«

»Ist mir eine Ehre.« Er gab ihr einen Kuss auf die Haare.

Julie wollte dahinschmelzen. Er war einfach perfekt. Das ließ sich nicht leugnen. Er war verblüffend attraktiv, extrem talentiert, hatte ein gutes Herz und roch himmlisch …

»Julie?«, fragte Dawson und wedelte mit der Hand vor ihrem Gesicht. Schlagartig wurde sie in die Realität zurückgeholt und stellte fest, dass Dixie sich bereits wieder um eine Kundin kümmerte und Dawson sich wieder hingesetzt hatte. Wie lange hatte sie vor sich hingeträumt?

»Ja?«

»Du schienst für einen Moment in deinen Gedanken versunken zu sein.«

»Entschuldige, mir geht momentan so viel durch den Kopf. Was machst du hier auf dem Festland?«

»Ich brauchte spezielle Nägel für die Verandabretter und noch ein paar andere Sachen. Morgen kommt der Fliesenleger, dann sind deine Bäder bald fertig.«

»Ich kann es kaum erwarten.«

»Gerade wird die extragroße Badewanne installiert, und mein Kumpel Dan bringt das neue Waschbecken in der Küche an.«

»Langsam nimmt alles Gestalt an, nicht wahr?« Sie konnte ihr Lächeln nicht verbergen.

»Das tut es. Ich freue mich so für dich, Julie. Du hast einen Neuanfang verdient.«

»Danke. Wie war dein Date gestern Abend?« Das war privat. Sie hätte nicht danach fragen sollen, das war ihr klar. Trotzdem wollte sie es wissen, und sei es nur, um aus zweiter Hand das Date eines anderen Menschen mitzuerleben. Doch als sie seine Miene sah, bereute sie die Frage.

»Nicht so toll.«

»Oh. Tut mir leid.«

»Na ja, ich hatte keine großen Erwartungen. Ein Freund eines Freundes hat das arrangiert. Sie ist eher eine Städterin, wenn du weißt, was ich meine.«

»Dawson, ich komme auch aus der Stadt«, sagte sie lachend.

»Ja, aber du bist keine Städterin.«

»Wie kommst du darauf?«

»Ich weiß nicht, wie ich das erklären soll. Du hast mehr … Tiefe.«

»Findest du?«

»Ja, finde ich.«

»Was ist denn bei dem Date denn schiefgelaufen?« Sie versuchte unbeschwert zu klingen und aß noch einen Bissen von dem Cupcake.

»Also, erstens kann sie nicht schwimmen.«

»Obwohl sie am Strand lebt?«, fragte Julie ungläubig.

»Verrückt, oder? Außerdem ist sie nicht gern im Freien. Wir haben auf der Terrasse eines Restaurants gegessen, und sie hat sich die ganze Zeit über die Hitze beschwert.«

»Warum hat dein Freund euch dann zusammengebracht?«

»Keine Ahnung.« Er lachte. »Fürs Erste mache ich jedenfalls noch keine Hochzeitspläne.«

»Willst du denn irgendwann heiraten?«

»Ich war eine Zeit lang verheiratet. In meinen Zwanzigern.«

»Wirklich? Darf ich fragen, was passiert ist?«

Er zögerte einen Moment. »Sie ist gestorben.«

Julie erstarrte mitten in der Bewegung. »Entschuldige, dass ich danach gefragt habe, Dawson, das stand mir nicht zu.«

»Wir sind Freunde, Julie.« Auf seinem Gesicht lag ein sanftes Lächeln. »Du kannst mich alles fragen.«

»Es tut mir so leid, dass du das durchgemacht hast.«

»Sie hieß Tania. Wir haben uns beim Tiefseefischen im letzten Highschool-Jahr kennengelernt und zwei Jahre später geheiratet. Vier Jahre später erzählte sie mir, dass sie schwanger ist. Wir haben uns wahnsinnig gefreut.«

»Du hast ein Kind?«

Seine Miene verdüsterte sich bei der Erinnerung, er blickte an Julie vorbei in die Ferne.

»Nein. Im sechsten Monat bekam sie vorzeitige Wehen. Die Ärzte versuchten, es aufzuhalten, aber das Baby kam und hat nicht überlebt. Es war ein Junge. Wir haben ihn Gavin genannt.

Er war so süß. Hatte ganz viele dunkelbraune Haare, genau wie ich bei meiner Geburt. Die Männer in meiner Familie sind mit fantastischen Haaren gesegnet.« Er lächelte schwach.

»Das mit Gavin tut mir so leid. Das muss niederschmetternd gewesen sein.« Sie kämpfte mit den Tränen.

»Das war es. Und ist es immer noch, wenn ich daran denke. Manchmal stelle ich mir vor, was er jetzt wohl machen würde, weißt du? Ob er eine Ausbildung zum Zimmermann machen und mit mir zusammen dein Haus renovieren würde.«

»Tania muss auch am Boden zerstört gewesen sein, als sie ihren Sohn verlor.«

Seine Augen füllten sich mit Tränen, und eine konnte entkommen. Er wischte sie fort und räusperte sich. »Sie hat es nie erfahren.«

»Was?«

»Sie bekam Blutungen. Die Ärzte konnten sie nicht rechtzeitig stillen.«

»Oh mein Gott ...« Julie legte die Hand auf seine.

»Ich konnte nichts tun. Ich stand nur hilflos daneben und musste zusehen, wie die Schwestern auf einer Seite des Zimmers um mein Baby herumstanden und auf der anderen um meine Frau. Und dann haben sie mich aus dem Raum gedrängt, und diese ganzen Leute kamen angerannt, um ihr zu helfen. Nach ein paar Minuten kamen sie wieder raus und sagten mir, sie sei tot. Ihre Mutter wurde ohnmächtig. Es war schrecklich. Der schlimmste Tag meines Lebens.«

Julie wusste nicht, was sie sagen sollte. Ihre eigenen Probleme kamen ihr im Vergleich dazu völlig banal vor. Wie hatte dieser Mann das alles überlebt?

»Ich bewundere dich«, sagte sie, ohne nachzudenken.

»Was?«

»Du hast so viele Verluste erlitten. Deine Frau, dein Kind, dein Bruder. Wie hast du es geschafft, nach alldem so ein netter, fürsorglicher Mann zu bleiben? Ich glaube, ich würde nur noch in der Ecke liegen und Gott und alle Menschen hassen.«

Er lächelte. »Ich hasse Gott nicht. Manchmal verstehe ich nicht, warum ich diese geliebten Menschen verloren habe, aber dann sehe ich die Schönheit des Marschlands und des Meeres, und dann weiß ich, dass ein größerer Plan dahintersteht. Verstehst du?«

»Ich wünschte es. Ich bin so wütend, und meine Probleme sind so viel kleiner als deine. Jetzt habe ich ein richtig schlechtes Gewissen, dass ich dir davon vorgejammert habe.«

»Julie, deine Trauer um den Verlust deiner Ehe ist nicht weniger wichtig als meine Trauer. Verlust ist Verlust. Aber ich hoffe, dass dir das Leben in Seagrove zeigen wird, dass die Welt noch mehr für dich bereithält. Und auch für mich.«

»Das hoffe ich auch.«

Elftes Kapitel

Julie stand hinter der Kasse und wartete auf den ersten Kunden des Tages. Die Arbeit im Down Yonder erwies sich als interessant, um es vorsichtig auszudrücken. Im Laufe einer Woche hatte Dixie sie eingearbeitet, und die beiden hatten sich besser amüsiert, als es bei der Arbeit erlaubt sein dürfte. Wenn keine Kunden im Laden waren, drehten sie die Musik voll auf, stopften sich mit Cupcakes und Keksen voll und tratschten über die Leute, die Julie nach und nach kennenlernte.

Doch heute war weniger los. Der Sommerandrang ließ nach, da in anderen Gegenden bereits die Schule wieder anfing. Die Touristen verbrachten ihre Zeit lieber am Strand und in Restaurants, statt in dem kleinen Buchladen einzukaufen.

Um sich zu beschäftigen, räumte Julie eines der Regale auf. Sie hörte das Glöckchen über der Tür und ging zum Eingang. Dort stand Dawson, eine Papiertüte in der Hand.

»Hey«, sagte Julie, die sich immer freute, ihren Freund zu sehen. Natürlich sah sie ihn auch zu Hause fast jeden Tag, da er ständig an irgendetwas arbeitete. Ihr Haus war inzwischen schon fast bewohnbar, bald würde sie anfangen können, es einzurichten.

»Hey. Junge, Junge, ist das heute leer hier.«

»Ja, mir ist ganz schön langweilig. Was ist in der Tüte?«

»Der alte Mr Schuster fühlt sich nicht wohl, deshalb habe ich seine Medikamente für ihn abgeholt. Das ist der in dem kleinen grünen Haus, unten an der Brücke.«

»Ach ja, den kenne ich. Nett von dir.«

»Keine große Sache. Wo ist Dixie heute?«

»Sie ist bei einer Schulung, irgendwas zum Schutz der Meeresschildkröten. Ich weiß nur, dass sie sehr froh ist, wieder mehr Zeit für ihre ehrenamtliche Arbeit zu haben.« Julie ging hinter die Kasse und lehnte sich an den Tresen.

Ihr Gespräch wurde unterbrochen, als jemand den Laden betrat. Es war ein Mann in den mittleren Jahren im Anzug – was man in dieser Gegend nicht allzu oft sah. Selbst auf dem Festland liefen hier alle in Shorts und Flip-Flops herum.

»Kann ich Ihnen helfen?«, fragte Julie.

Der Mann trat an die Kasse und stellte seine Aktentasche auf dem Tresen ab. »Ich suche eine Julie Pike.«

»Das bin ich.«

Er ließ die Tasche aufschnappen und nahm eine Mappe heraus. »Dann ist das hiermit zugestellt.« Er reichte ihr die Mappe, klappte die Aktentasche wieder zu und verließ den Laden.

Wie benommen stand Julie mit der Mappe in der Hand da. »Was war denn das?«

»Das klingt, als hätte dir jemand juristische Unterlagen geschickt?«

Sie schlug die Mappe auf und sah ganz oben das Wort »Scheidung«. Jetzt ergab das alles Sinn.

»Meine Scheidungspapiere«, sagte sie leise. Es war nicht so, dass sie nicht damit gerechnet hätte, aber Michael hatte ihr per Textnachricht geschrieben, sie könnten das freundschaftlich und ohne Anwälte regeln. Offenbar hatte er seine Meinung geändert.

»Tut mir leid.«

»Ich wusste ja, dass sie irgendwann kommen würden«, sagte Julie, während sie die Unterlagen durchsah. »Aber offensichtlich wollte Michael alles nach Vorschrift machen, um sein Vermögen zu schützen.«

»Kannst du keinen Unterhalt bekommen?«

Seufzend klappte sie die Mappe zu. »Könnte ich vielleicht. Aber ehrlich gesagt möchte ich das nicht. Ich will einen Neuanfang, und ich will mit seinem Geld nichts zu tun haben. Das klingt wahrscheinlich kurzsichtig und dumm.«

Dawson schüttelte den Kopf. »Nein, das klingt eher stark. Du, ich würde dir gern etwas zeigen. Wann machst du hier Feierabend?«

»Wir schließen heute um drei.«

»Okay. Moment, ich zeichne dir einen Plan.« Er zeichnete den Umriss der Insel auf ein Stück Papier. »Wir treffen uns um vier Uhr hier.« Er malte ein X auf die Karte.

»Was ist das?«

»Das wirst du schon sehen«, sagte er lächelnd. »Sei pünktlich.«

Er ging zur Tür und winkte zum Abschied, und Julie fragte sich, was sie da wohl erwarten mochte.

War das ein Date? Unmöglich. Sie waren Freunde, mehr nicht. Und sie war ja noch nicht mal offiziell geschieden. Mit diesen Gedanken im Kopf fuhr Julie über die Brücke zurück nach Seagrove.

Sah er in ihr mehr als eine Freundin? Und empfand sie eigentlich auch so? War das zu früh? Würde sie es überhaupt erkennen, wenn jemand an mehr interessiert war?

Sie warf einen Blick auf den kleinen Plan, den Dawson für sie gezeichnet hatte, und dann auf die Uhr am Armaturenbrett.

Eine Kundin hatte sie länger als erwartet im Down Yonder aufgehalten, und jetzt musste sie sich beeilen, um noch pünktlich zu sein. Lieber wäre sie vorher kurz nach Hause gefahren, um sich umzuziehen und sich ein bisschen zurechtzumachen.

Das ist kein Date, rief sie sich in Erinnerung.

Sie bog in eine schmale Straße ein, die sie vorher noch gar nicht bemerkt hatte, und parkte an der Stelle, wo Dawson das X gezeichnet hatte. Sein Truck stand ebenfalls dort, also war sie wohl am richtigen Ort.

Sie stieg aus und sah sich um. »Dawson?«, rief sie, ein leichtes Zittern in der Stimme. So fingen diese True-Crime-Sendungen im Fernsehen immer an.

»Hier drüben!«, rief Dawson zu ihrer Rechten. Seiner Stimme folgend lief sie einen schmalen Pfad entlang und blieb dann stehen.

»Wo bist du?«

»Schau nach oben«, sagte er. Sie reckte den Hals und entdeckte seine Umrisse in einem Baum mit dicken, tiefhängenden Ästen, die von Moos überwuchert waren.

»Was machst du da oben, du Verrückter?«, rief sie zurück.

Er kletterte herunter, sprang das letzte Stück und landete direkt vor ihr. »Die Frage ist: Was machst du hier unten?«

»Wenn du glaubst, dass ich auf diesen Baum klettere, musst du den Verstand verloren haben.« Sie machte kehrt und ging zurück Richtung Auto.

»Dann ist deine Schwester wohl wirklich die Abenteuerlustigere von euch.«

Abrupt blieb Julie stehen und drehte sich um. »Wie bitte?«

»Ich wette, sie würde raufklettern.« Mit ausdrucksloser Miene stand er vor ihr.

»Versuchst du, gemein zu werden?«

»Ich versuche, dir die Insel aus einer anderen Perspektive zeigen.«

»Ich hab's nicht so mit Höhen.«

»Bleibst du lieber in deiner Komfortzone?«

»Du bist gerade richtig ekelhaft.«

Endlich lächelte er. »Ich wollte den harten Kerl spielen. Das kommt bei dir offenbar nicht so gut an.«

»Allerdings nicht«, sagte sie augenrollend. »Ehrlich, ich habe Höhenangst.«

»Ich würde nie zulassen, dass du fällst. Das weißt du hoffentlich.«

Sie seufzte. »Das glaube ich dir. Aber ich kann alles ganz prima von hier aus sehen – mit festem Boden unter den Füßen.«

»Aber nicht das, was ich dir zeigen will.«

Er hatte ihr Interesse geweckt, allerdings nicht so sehr, dass sie dafür Leib und Leben riskiert hätte.

Dawson kam auf sie zu. »Dein Mann ist ein Volltrottel.«

»Erzähl mir was Neues.« Sie lachte. Dawson stand direkt vor ihr.

»Er ist jetzt mit irgendeinem Flittchen in Boston, während du hier einen Neuanfang machst.«

»Du wirst schon wieder gemein.«

»Er denkt, du brauchst ihn. Er denkt, er hat dich kleingekriegt. Er denkt, du wirst für immer in deiner kleinen Komfortzone hocken und ohne ihn kein richtiges Leben mehr haben.«

»Oh, ich weiß, was du vorhast. Du willst mich provozieren, auf diesen Baum zu klettern, um meinem Mann etwas zu beweisen.«

Dawson zeigte nach oben. »Dieser Baum ist das Symbol dafür, wie du aus dem Tief deiner Ehe herauskletterst ... mit den ganzen Lügen und all dem Verrat. Und oben angekommen, siehst du deine wundervolle Zukunft, die dir zu Füßen liegt. Willst du das nicht sehen? Willst du nicht all deine Ängste hinter dir lassen? Willst du nicht ein ganz neuer Mensch werden?«

Es funktionierte. Er hatte sie am Haken.

Julie atmete tief ein und wieder aus. »Ja, ich will da hinaufklettern! Aber wenn du zulässt, dass ich falle, wird dich mein Geist für immer und ewig heimsuchen.«

Dawson lachte. »Das glaube ich sofort.«

Langsam, aber sicher half er ihr, die ersten Äste zu erklimmen. Sobald sie ins Schwanken geriet, war er da, seine Hand fest auf ihrem Rücken, und schob sie nach oben. Der Mann war stark, kein Zweifel. Sie versuchte, nicht darüber nachzudenken, ob er sich ihren Hintern ansah. Schließlich hatte sie zwei Kinder und seit Monaten kein Fitnessstudio mehr von innen gesehen.

Immer wieder hielten sie für einen Moment inne, um zu verschnaufen, doch Julie wagte nicht, nach unten zu sehen. Sie fürchtete, sonst ohnmächtig zu werden.

»Jetzt greif nach dem Brett über dir«, sagt Dawson, als sie beinahe oben waren. Und tatsächlich, als sie den Arm ausstreckte, ertastete sie eine aus Brettern gezimmerte Plattform. Er schob sie noch ein Stück höher, dann krabbelte sie auf die Fläche. Noch nie in ihrem Leben war sie so froh gewesen, irgendwo angekommen zu sein. Auch wenn der Gedanke, den ganzen Weg wieder zurückzumüssen, ein bisschen beängstigend war.

Dawson folgte ihr wenige Augenblicke später. Eine Weile sagte keiner von beiden etwas, während sie zu Atem kamen, doch als Julie dann endlich den Kopf hob, erblickte sie die schönste Aussicht, die sie je gesehen hatte.

»Ach, du meine Güte, sieh dir das an!«, rief sie aus, ohne daran zu denken, dass er das vermutlich schon eine Million Mal gesehen hatte. »Warum ist diese Plattform hier?«

»Als ich klein war, hat das Grundstück meinem Onkel gehört.

Wir haben die Plattform zusammen gebaut, um die schönste Aussicht der ganzen Insel genießen zu können.«

»Es ist umwerfend, Dawson. Ich meine, hier vorne kann ich den kompletten Strand sehen, und dort drüben das Marschland.« Eine Weile betrachtete sie die Aussicht, dann sah sie Dawson an. »Danke, dass du mich dazu überredet hast.«

»Freut mich, dass es dir gefällt«, sagt er augenzwinkernd. Was zusammen mit seinem schiefen Lächeln dafür sorgte, dass Julie sich Luft zufächeln musste.

Sie nahm ihr Handy aus der Tasche und rief die Kamera auf.

»Was machst du da?« Er griff nach dem Smartphone.

»Ich wollte diese hinreißende Aussicht fotografieren.«

»Das geht nicht.«

Julie war verwirrt. »Warum nicht?«

»Weil ein Foto den Augenblick im Hier und Jetzt nicht festhalten kann. Es kann weder den Geruch noch die Geräusche noch die Farben wiedergeben. Du musst es in deinem Gedächtnis abspeichern.«

»Ganz schön tiefgründig, Dawson Lancaster«, sagte sie und steckte das Handy wieder in die Tasche.

»Das hier ist so viel mehr, als ein Foto einfangen kann«, fuhr er fort, sein Blick glitt über das Marschland. »Die Leute verstehen nicht, warum ich diese Insel so liebe, aber wenn man sie erst mal von hier oben gesehen hat, lässt sie einen nie wieder los.«

Wieder sah sie sich um, dann schloss sie die Augen und atmete tief ein. Dies war wirklich der friedlichste Ort auf der Welt. In ihrer Vorstellung hatte ihr Haus am Strand völlig anders ausgesehen. Sie hatte ein typisches Strandhaus auf weißem Sand vor Augen gehabt, mit mehreren Terrassen und Meerblick.

Aber irgendwie war das hier besser. Es war echt. Es war wunderschön und kompliziert und gleichzeitig so schlicht.

»Ich würde dir gern etwas über die Gegend hier erzählen, wenn es dich interessiert?«

»Natürlich, ich bin ganz Ohr.«

»Okay. Der Baum, auf dem wir sitzen, ist eine sogenannte Lebenseiche oder Virginia-Eiche. Die wachsen auf dem Festland überall am Straßenrand und sind mit Moos überwuchert. Es sind tolle Kletterbäume, wie du jetzt weißt.«

»Ja, das kann ich bestätigen.« Sie lächelte.

»Außerdem wachsen hier noch andere typische Bäume wie der Nymphenbaum, die Sumpfkiefer und die Schwarz-Birke. Schwarz-Birken sind die, die so aussehen, als ob sich die Rinde abschält. Siehst du, da vorne steht eine.« Er deutete in die Ferne, und Julie folgte seinem Blick.

»Ich glaube, so eine steht in meinem Garten. Ich dachte, sie stirbt.«

»Nee, die sehen einfach so aus.«

»Wie gut, dass ich sie nicht gefällt habe«, sagte sie.

»Hier gibt es auf über hundertfünfzigtausend Hektar einfach alles, von Stränden über Salzwiesen bis hin zu Zypressenwäldern. Außerdem leben hier einige gefährdete Arten, zum Beispiel Unechte Karettschildkröten und Weißkopfseeadler. Und natürlich gibt's hier auch ein paar Alligatoren.«

»Hilfe.«

»Ach, im Grunde lassen die dich in Ruhe, wenn du sie auch in Ruhe lässt.«

»Ich werd's mir merken. Und wie heißt dieses Gras, das im Marschland überall wächst?«

»Das ist Schlickgras.«

»Du bist ja ein unerschöpflicher Quell an Wissen.«

Er lächelte. »Wenn man hier aufwächst, lernt man das in der Schule. Wir sind stolz auf unsere Küstengebiete und die einzigartigen Landschaften. Als Junge habe ich alles darüber gelernt, was ich konnte, von den Bäumen bis zu den Insekten. Ich wollte Biologe werden.«

»Warum bist du es nicht geworden?«

»Wie soll ich sagen, mir ist wohl das Leben dazwischengekommen. Lernen kann ich trotzdem, so viel ich will, ich werde nur nicht dafür bezahlt. Du hast bemerkt, wie sich im Marschland hinter deinem Haus Ebbe und Flut abwechseln, oder?«

In der nächsten Stunde erklärte Dawson ihr so ziemlich alles über die Insel und ihre Umgebung. Er war wie ein privater Reiseleiter, der ihr eine Info nach der anderen lieferte. Fast fürchtete Julie, sie müsste anschließend einen Test schreiben.

Voller Staunen beobachtete sie ihn. Sein Wissen, die Begeisterung für seine Heimat, was war das für ein schöner Anblick. Mit der Stadt, in der sie selbst aufgewachsen war, hatte sie sich nie sonderlich verbunden gefühlt, doch Seagrove war bereits jetzt eine Art Zuhause für sie, ein Ort, von dem sie sich nicht vorstellen konnte, ihn je wieder zu verlassen.

»Danke, dass du mich hier hochgeschleift hast«, sagte sie, als er geendet hatte.

»Sehr gern geschehen. Tut mir leid, dass ich so viel geredet habe.«

»Mir nicht. Es war schön, etwas über mein neues Zuhause zu hören.«

Er lächelte. »Heißt das, du willst hierbleiben?«

Sie nickte. »Ich glaube, das heißt es tatsächlich.«

»Gut.«

»Langsam muss ich los. Ich habe Janine versprochen, mich heute Abend um die Sandwiches zu kümmern. Wie sehr ich mich auf meinen neuen Herd freue!«

»Sag mal, warum kommt ihr beiden nicht heute Abend zu

mir? Lucy kocht Maisbrei mit Garnelen, und natürlich ihren berühmten Pfirsichauflauf. Es wird reichlich für uns alle da sein, vertrau mir.«

Julie dachte einen Moment nach: »Bist du sicher?«

»Absolut! Solange du keine Wandfarbe mitbringst, okay?«

»Sehr witzig«, sagte sie, und dann machten sie sich gemeinsam an den Abstieg.

»Janine? Bist du zu Hause?«

Julie lief durch alle Räume und rief nach ihrer Schwester, konnte sie jedoch nirgends entdecken. Schließlich fand sie sie im hinteren Teil des Hauses. Sie hatte den Blick aufs Marschland gerichtet und nahm gerade das Handy vom Ohr.

»Oh, hi, hab gar nicht gemerkt, dass du nach Hause gekommen bist. Gerade habe ich mit Mom telefoniert. Sei froh, dass du nicht früher gekommen bist, sonst hättest du auch mit ihr sprechen müssen.«

»Oh ja, ein Telefonat mit Mom hätte mir heute wohl wirklich die gute Laune verdorben.«

»Bei mir hat es das definitiv.« Janine lachte und holte sich eine Flasche Wasser.

»Dawson hat uns für heute Abend zu sich zum Essen eingeladen.«

Janine grinste und machte Kussgeräusche. »Oh, Dawson …«

»Hör auf, so ist das gar nicht! Er ist nur ein Freund. Meine Güte, warum sagen das immer alle? Das ist so kindisch.«

»Erstens, weil er heiß ist, und zweitens, weil er die ganze Zeit hier herumhängt.«

»Er renoviert mein Haus.«

»Wie du meinst. Was ist das?« Sie deutete auf die Mappe in Julies Hand.

»Scheidungsunterlagen. Michael hat sie mir heute in den Buchladen zustellen lassen.«

»Ernsthaft? Was für ein Blödmann. Hat er nicht gesagt ...?«

»Hat er. Aber wie man es von ihm kennt, war das wohl eine dicke, fette Lüge.«

»Was steht in den Unterlagen?«

»Ehrlich gesagt habe ich sie noch nicht gelesen. Das Haus ist schon verkauft, die Kinder sind groß, ich weiß gar nicht, warum er sich die Mühe gemacht hat, einen Anwalt einzuschalten. Da ich keinen Unterhalt will, gibt es doch nichts zu verhandeln.«

Janine streckte die Hand aus. »Darf ich mal?«

»Bist du jetzt Anwältin?« Julie reichte ihr die Mappe.

»Nein, aber seit ich arbeitslos bin, schaue ich mir reichlich Gerichtssendungen im Fernsehen an, also im Grunde doch.«

Janine sah die Unterlagen durch, dann weiteten sich ihre Augen.

»Was ist?«

»Hast du gewusst, dass Michael eine Eigentumswohnung in Boston besitzt?«

Julie riss ihr die Papiere aus der Hand. »Was? Machst du Witze?« Sie überflog die Zeilen, bis sie die Information fand. Michael hatte die Immobilie zehn Monate vor ihrer Trennung gekauft.

»Er hat es dir nie gesagt?«

»Natürlich nicht.«

»Du musst dir die Hälfte des Geldes zurückholen, Julie.«

»Ich will das nicht weiter in die Länge ziehen, Janine. Ich will die Sache bloß hinter mir haben.« Sie schmiss die Mappe quer über den Küchentresen.

»Das Geld steht dir zu. Er hat die Wohnung von eurem gemeinsamen Geld gekauft. Und dir steht auch Unterhalt zu!«

»Ich will keinen Unterhalt.«

»Also gut. Aber um das Geld von der Wohnung musst du kämpfen. Das muss sein.«

»Ich denke drüber nach.«

»Gut. Ich gehe noch schnell duschen, bevor wir zu Dawson gehen. Schließlich will ich bei meinem zukünftigen Schwager einen guten Eindruck machen.« Damit rannte sie eilig den Flur hinunter.

»Das ist nicht witzig!«

Als sie vor Dawsons Haustür standen, dachte Julie über Michaels neuste Lüge nach. Wie konnte er nur! Von ihrem gemeinsamen Vermögen eine Wohnung kaufen, um in der Nähe seines liederlichen Luders zu sein? Ja genau, liederlich. Sie benutzte das Wort immer noch, auch wenn es altmodisch war.

»Guten Abend, meine Damen!«, sagte Dawson, als er ihnen die Tür öffnete. Der Geruch seines Eau de Toilette hüllte Julie ein wie eine warme Decke und vermischte sich mit dem salzigen Duft des Meeres hinter dem Haus. Hier kam alles zusammen, was sie am liebsten mochte.

»Danke für die Einladung, vor allem nach der Sache mit der Farbe«, sagte Janine.

»Reden wir nicht mehr davon«, sagte Dawson lachend und bat sie hinein.

Als alle sich setzten, stellte er Janine und Lucy einander vor. Der Tisch war voller Lowcountry-Gerichte, darunter Fingersandwiches mit Pimentkäse, eingelegte Okras, Maisbrei mit Garnelen und gebackene Austern.

»Hoffentlich habt ihr Hunger mitgebracht. Lucy hat ein richtiges Festmahl aufgetischt«, sagte Dawson.

»Ich bin am Verhungern, aber Sie essen doch mit uns, Lucy?«, fragte Julie.

»Ach, Liebes, ich habe beim Kochen schon reichlich genascht. Außerdem gibt die Band meines Enkels ein Konzert auf dem Festland, weshalb ich mich jetzt verabschiede.«

»Schönen Abend, Lucy. Viel Spaß beim Konzert!«, sagte Julie.

Als Lucy gegangen war, begutachtete Dawson den Tisch. »Mist, Lucy hat den Hoppin' John vergessen.«

»Hoppin' John?«, fragte Janine. »Was ist das?«

»Das ist hier in der Gegend ein Grundnahrungsmittel. Im Grunde ein Eintopf aus Bohnen und Reis, den wir aber natürlich aufpeppen. Normalerweise gibt es ihn zu Neujahr, aber wir versuchen, ihn auch unter dem Jahr ein paar Mal auf den Tisch zu bringen. Wartet kurz, ich hole ihn.«

Dawson stand auf und ging in die Küche. »Ich komme mir vor wie in einem Südstaatenroman«, sagte Janine.

»Ich fühle mich wie zu Hause«, sagte Julie.

»Das sieht man«, antwortete Janine lächelnd.

»Und hier, bitte sehr. Der Hoppin' John steht auf dem Tisch. Dann können wir jetzt reinhauen.«

»Kann's kaum erwarten.« Janine füllte sich ihren Teller.

»Wer möchte das Dankgebet sprechen?«, fragte Dawson. Langsam ließ Janine den Servierlöffel sinken.

»Entschuldigung.«

»Kein Problem. Hier unten danken wir Gott für unsere Segnungen. Ich weiß, manche finden das altmodisch, aber mir hat es immer gutgetan.«

Julie lächelte. »Dann erweise du uns doch die Ehre.«

Dawson lächelte ebenfalls und schloss die Augen. Janine und Julie folgten seinem Beispiel.

»Himmlischer Vater, ich danke dir für dieses Essen und die Freunde, mit denen ich es teilen darf. Ich bin dankbar für die Segnungen in meinem Leben, wie diese neuen Freundinnen und mein Zuhause auf dieser wunderschönen Insel. Segne dieses Essen, dass es unsere Körper nähre. Amen.«

»Das war wunderschön, Dawson«, sagte Julie.

»Und wie läuft es im Buchladen? Gefällt dir die Arbeit mit Dixie?«

»Ja, ich liebe es. Sie ist so ein verrücktes Huhn. Erinnert mich ein bisschen an sie hier.« Julie warf einen Seitenblick zu ihrer Schwester.

»Ach, wirklich? Und du magst sie?«

»Sehr witzig.«

»Inwiefern erinnert sie dich an mich?«

Julie aß einen Löffel Hoppin' John und war sofort verliebt. Das würde sie nachkochen müssen, wenn ihre Küche erst fertig war.

»Nun, zum einen ist sie exzentrisch. Macht ihr eigenes Ding.«

»Und an ihr magst du das, aber an mir nicht?«

»Lass uns jetzt nicht *davon* anfangen, Janine. Wir wollen das Abendessen genießen.«

»Ich finde ihre Frage berechtigt«, sagte Dawson, der den Blick fest auf seinen Teller richtete, weil er sich ein Lächeln verkneifen musste.

»Ach, tatsächlich?« Julie hätte ihn am liebsten unter dem Tisch getreten. Aber dafür kannten sie sich noch nicht gut genug.

»Danke, Dawson. Also? Warum magst du diese Eigenschaften an ihr, aber nicht an mir, Schwesterchen?«

»Es ist nicht so, dass ich deine Eigenwilligkeit und Schrullen nicht liebe, Janine. Das Problem ist, dass du versucht hast, sie an meine vollkommen normalen Töchter weiterzugeben.«

Janine legte den Löffel weg und sah sie an. »Dann bin ich nicht normal?«

»Glaubst du das denn?«

Einen Moment lang starrten sich die beiden Frauen an. »Ich

will nicht normal sein. Ich will ich selbst sein, und ich will, dass meine Familie mich so liebt, wie ich bin, und nicht versucht, mich zu ändern. Das will ich.«

Für ein Abendessen bei einem neuen Freund war das ganz schön viel. »Wir haben dich lieb, Janine, wir verstehen dich nur nicht immer.«

»Tja, ich verstehe nicht, warum du einen Idioten geheiratet hast und zwanzig Jahre bei ihm geblieben bist, aber ich hacke nicht die ganze Zeit darauf herum.«

»Ich versteh es ja selbst nicht mehr.«

Dawson kicherte. »Tut mir leid, ich wusste nicht, dass ich die Büchse der Pandora geöffnet habe. Versuchen wir es mit einem neutralen Thema. Wie fandest du es, heute auf den Baum zu klettern?«

»*Du* bist auf einen Baum geklettert?« Janine sah Julie mit großen Augen an.

»Überrascht dich das so sehr?«

»Na ja, da du Angst vor Höhen und Ungeziefer hast, würde ich sagen, ja, tut es.«

»Ich habe sie ein bisschen ausgetrickst.«

»Du hast mich provoziert.«

»Und warum bist du jetzt auf den Baum geklettert?«

»Ich wollte ihr die Insel zeigen, wie sie nicht jeder zu sehen bekommt. Dich nehme ich auch gerne mal mit rauf.«

Julie empfand eine plötzliche Eifersucht, mit der sie nicht gerechnet hatte. Als dürfe nur sie mit Dawson auf Bäume klettern und niemand sonst. Sie schüttelte leicht den Kopf, um das Gefühl loszuwerden, doch dort saß es nicht, sondern tief in ihrem Bauch.

»Vielleicht nehme ich dich beim Wort. Ich klettere liebend gern auf Bäume. Vor ein paar Jahren habe ich in einem Naturschutzprojekt in Kalifornien gearbeitet und konnte dabei auf einen Redwoodbaum klettern.«

»Wow! Die Dinger werden riesig. So einen würde ich gern mal aus der Nähe sehen.«

Das Gespräch ging noch zehn Minuten weiter, und Julie kam sich vor wie das fünfte Rad am Wagen. Natürlich fand Dawson Janine interessant, denn das war sie. So ungern Julie es sich eingestand, in Janines Nähe hatte sie sich immer langweilig und unterlegen gefühlt. Janine war das hübsche Mädchen von nebenan, mit ihrem perfekten Teint und den schwungvollen schulterlangen Locken. Je länger sie hier war, umso mehr sah sie wieder aus wie ihr altes Selbst.

Es freute Julie, zu sehen, dass die Depression nach den Wochen der Therapie nun abklang und Janine wieder zu ihren normalen Essgewohnheiten zurückfand. Doch gleichzeitig kehrte die alte Eifersucht zurück, und das machte ihr wiederum ein schlechtes Gewissen.

Nach dem Essen bedankten sie sich bei Dawson und stiegen ins Auto, um die kurze Strecke nach Hause zu fahren.

»Er ist nett. Ich kann verstehen, warum du ihn magst«, sagte Janine während der Fahrt.

»Ich mag ihn nicht auf diese Art.«

Janine schmunzelte nur und blickte aus dem Fenster.

Zwölftes Kapitel

Julie wischte den Bistrotisch sauber und sammelte zwei Bücher ein, die jemand liegen gelassen hatte. Das eine war ein Buch über die Geschichte South Carolinas, das andere ein Frauenroman über eine dysfunktionale Familie in den Südstaaten. Als sie den Klappentext las, fiel ihr ein, dass sie als Kind davon geträumt hatte, Autorin zu werden, und musste lächeln. Lange hatte sie keinen Gedanken mehr daran verschwendet, sie hielt sich für zu alt, um solchen albernen Träumen nachzujagen.

»Einen schönen Nachmittag, mein Mädchen«, sagte Dixie, die gerade zur Tür hereinkam. »Was hast du da?«

»Ach, ich räume nur ein paar Bücher weg.«

Dixie nahm ihr den Roman aus der Hand. »Das ist von Sadie Clark. Die war der Knaller.«

»War?«

»Letztes Jahr ist sie im reifen Alter von hundert Jahren gestorben.« Dixie gab Julie das Buch zurück und ging zur Kasse, um nach dem Wechselgeld zu sehen.

»Wow. Wann hat sie mit dem Schreiben angefangen?«

»Bei ihrem ersten Buch war sie fast siebzig. Und hat dann mehr Bestseller geschrieben, als ich zählen kann.«

»Siebzig?«

Dixie lächelte. »Schätzchen, man ist nie zu alt, um seine Träume zu verwirklichen. Dir mag siebzig jetzt alt erscheinen, aber das ändert sich, wenn man so nahe dran ist wie ich.«

»Oh, ich wollte nicht respektlos sein. Ich habe nur früher immer davon geträumt, selbst Autorin zu werden. Und wenn ich das von Sadie höre, frage ich mich, ob ich es auch schaffen kann.«

»Aber natürlich kannst du das! Wenn ich in all den Jahren auf diesem Planeten etwas gelernt habe, dann, dass man seine Träume leben soll, solange man kann. Mein verstorbener Mann Johnny hat immer von einem Bauernhof geträumt. Er wollte Pferde, Kühe und Hühner halten. Wir hatten das Geld, aber er hat es immer wieder aufgeschoben, bis wir von dem Krebs erfuhren. Und dann ging es nicht mehr. Wie traurig er ausgesehen hat, als er sagte, er hätte immer zu viel Angst gehabt, um seine Träume zu verwirklichen, und jetzt sei es zu spät. Das werde ich nie vergessen.« Dixies Augen wurden feucht.

»Da hast du mir etwas zum Nachdenken gegeben. Schließlich ist das hier ein Neuanfang für mich. Vielleicht sollte ich mein Glück versuchen und mein erstes Buch schreiben.«

»Genügend Inspiration dürftest du hier ja finden«, sagte Dixie lachend.

»Sehr richtig. Also, wenn du hier alles im Griff hast, würde ich jetzt nach Hause fahren. Ich bin ziemlich müde, und meine Küche müsste heute fertig geworden sein. Kann es kaum erwarten, sie zu sehen.«

»Fahr ruhig nach Hause. Den Rest schaffe ich allein. Bis morgen dann!«, sagte Dixie und wandte sich der nächsten Kundin zu, die gerade den Laden betrat.

Voller Vorfreude fuhr Julie zu ihrem Haus. Sie konnte es kaum erwarten, zu sehen, wie die Küche geworden war. Im Laufe des Tages wollte Dawson mit seinen Arbeitern die Arbeitsplatten und Schränke angebracht haben. Sie freute sich so sehr darauf, das erste Mal in ihrer neuen Küche zu kochen.

Als sie durch die Tür trat, war sie überrascht, im Wohnzimmer ihre Mutter zu erblicken, die sich mit Dawson und Janine unterhielt.

»Mom?«

»Hallo, Schätzchen«, sagte ihre Mutter, als wäre es ganz selbstverständlich, dass sie hier war.

»Ich wusste nicht, dass du kommst.« Zögernd umarmte Julie sie. »Wusstest du es?«, formte sie über die Schulter ihrer Mutter hinweg lautlos mit den Lippen. Janine schüttelte den Kopf und zuckte die Schultern.

»Ich wollte meine Mädchen überraschen. Also, wie läuft es mit euch?« SuAnn sah die beiden erwartungsvoll an, als hätten sich alle Probleme dadurch in Luft aufgelöst, dass sie die beiden ein paar Wochen sich selbst überließ.

Die Wahrheit war, dass es besser lief, als Julie zu Beginn gefürchtet hatte. Nicht perfekt, aber besser. Die meiste Zeit kamen sie miteinander aus, auch wenn viele Momente ihr wieder in Erinnerung riefen, warum sie den Kontakt abgebrochen hatte.

»Alles gut«, sagte Janine, offensichtlich um ihre Mutter zu beruhigen.

»Dein Macker hat an dem Haus ja wahre Wunder gewirkt.«

Dawson machte große Augen. »Mom, Dawson ist mein Handwerker, nicht mein ›Macker‹.« Sie entschuldigte sich lautlos bei Dawson. Er lächelte.

»Nun, wie auch immer. Jedenfalls sieht es wundervoll aus.« Sie sah sich weiter um. »Wirst du dir Möbel kaufen?«

Julie seufzte. »Natürlich, Mutter. Warum sollte ich ohne Möbel leben?«

»Na ja, es sind schon ein paar Wochen vergangen. Habt ihr ein Bett?«

»Wir schlafen auf einem Luftbett«, sagte Janine. Julie hätte sie erwürgen können.

»Ein Luftbett? Eine Luftmatratze, oder wie? Oh nein. Das kann ich nicht zulassen. Wir fahren jetzt los und kaufen dir neue Möbel. Auf meine Rechnung.«

Zusammen mit ihrer Mutter einzukaufen, war das Letzte, was Julie wollte. Einige ihrer schlimmsten Erinnerungen hatten damit zu tun. Sie hetzte von einem Laden zum anderen, dass man kaum mit ihren kurzen Beinen Schritt halten konnte, und kritisierte alles, was Julie aussuchte. Außerdem mochte sie es, »Menschen zu beobachten«, wie SuAnn es nannte, was in Wahrheit jedoch hauptsächlich darin bestand, über das Aussehen der Leute zu lästern.

»Solche Hosen sollte sie nicht tragen. Die sieht aus, als wäre sie fünf Nummern zu klein.«

»Guter Gott, hast du die Haare gesehen? Die Siebziger haben angerufen und wollen ihre Frisur zurück.«

Julie ertrug das nicht. Trotzdem brauchte sie Möbel, und ihre Mutter hatte das Geld. Wenn sie anbot, für alles zu bezahlen, konnte Julie schlecht nein sagen, denn auch mit dem Teilzeitjob in der Buchhandlung war ihr Budget ziemlich knapp bemessen.

»Na klar. Sollen wir zum Einkaufen nach Charleston fahren?«, schlug Julie vor. Janine sah entsetzt aus. »Möchtest du mitkommen, Janine?«

»Äh …«

»Natürlich möchte sie! Sie würde sich doch nie vor einer Einkaufstour drücken, wenn ihre Mutter extra stundenlang im Auto gesessen hat, um sie zu besuchen. Nicht wahr, Janine?«

Junge, Junge, ihre Mutter war eine Meisterin der Manipulation.

»Also gut. Ich mache mich nur ein bisschen frisch«, entschuldigte sich Janine.

»Ich warte im Auto. Hier drin ist es ganz schön warm, und das Ende September.« Sie fächelte sich Luft zu und ging nach draußen, wobei sie sich nach allen Seiten umsah, als fürchtete sie, auf dem Weg vom Haus zum Auto von irgendetwas angefallen zu werden.

»Entschuldige, sie ist einfach … na ja, dafür gibt es keine Worte.«

»Keine Entschuldigung nötig. Immerhin weiß ich jetzt, woher Janine ihre exzentrischen Züge hat.«

Julie lachte. »So habe ich das noch nie gesehen, aber wahrscheinlich hast du recht.«

»Hast du die Küche schon gesehen?«

»Oh, das habe ich ja ganz vergessen!« Julie bog um die Ecke und erblickte die schönste Küche, die sie je gesehen hatte. Mit glänzenden Arbeitsplatten aus beigefarbenem Marmor und den Echtholzschränken passte sie einfach perfekt zu ihrem Haus am Marschland.

»Dawson, das ist der Wahnsinn! Und sieh dir nur die Bodenfliesen an. Und der Ofen ist ja fantastisch! Du hast so großartige Arbeit geleistet, es geht wirklich voran!« Ohne nachzudenken, drehte Julie sich um und umarmte ihn fest. Er legte die Arme um sie und zog sie an sich.

Für einen Moment schien die Zeit stillzustehen. Seine Umarmung fühlte sich an wie eine warme Decke, und zum ersten Mal seit langer Zeit fühlte sie sich völlig sicher. Sie wollte gar nicht wieder loslassen, doch zum Glück tat es Dawson.

»Tut mir leid, ich wollte nicht …«

»Julie, wir sind hier in den Südstaaten. Hier umarmt man sich. Das ist okay.« Er lächelte sein träges Lächeln, und sie dachte ernsthaft daran, ihn um eine weitere Umarmung zu bitten. Zum Glück tauchte in diesem Moment Janine wieder auf.

»Bringen wir es hinter uns. Hat jemand eine Xanax?«

»Nicht lustig«, sagte Julie auf dem Weg zur Tür.

»Wer hat gesagt, dass es ein Witz war?«

Wie erwartet, war das Einkaufen mir ihrer Mutter anstrengend. Alles, was Julie gefiel, fand SuAnn »grässlich« oder »geschmacklos«. Schließlich beschlossen die drei Frauen, zurückzufahren und zu sehen, was sie in den lokalen Geschäften bekommen konnten.

Als sie am Down Yonder vorbeikamen, lachte SuAnn: »Gute Güte, wer gibt denn einer Buchhandlung so einen abgedroschenen Namen? Ich schäme mich richtig dafür, dass die Leute im Rest von Amerika denken, hier im Süden leben lauter Clowns, die ›yonder‹ sagen.«

»Entschuldigen Sie?«

Julie hatte nicht bemerkt, dass Dixie vor dem Laden kniete und die Blumen goss.

»Oh nein. Wirklich, Mutter, denk doch mal nach, bevor du sprichst.« Sie wandte sich an Dixie: »Tut mir so leid, Dixie. Das ist meine Mutter, SuAnn Lewis.«

Dixie musterte sie von oben bis unten. »Ah, deine Mutter. Das erklärt alles.«

Es war nicht zu übersehen, dass die beiden Frauen in diesem Moment nicht die besten Freundinnen waren. SuAnn und Dixie hätten unterschiedlicher nicht sein können.

»Freut mich, Sie kennenzulernen. Dixie? Wenn das mal kein Südstaatenname ist …«

Dixie lächelte, doch es war nicht ihr übliches Lächeln, sondern das einer angesäuerten Südstaatenlady, die einem sofort den Hals umdrehen würde, wenn sie dafür nicht im Kittchen landen würde.

»Ich bin sehr stolz auf meine Südstaatenwurzeln, SuAnn. Und wie ich glaube, stammen Sie ursprünglich selbst aus dem Süden?«

»Das tue ich. Aber ich bin immer bestrebt, aufzusteigen, wie meine Momma sagte. Und ich wollte Sie mit meiner Bemerkung über den Namen Ihres entzückenden kleinen Buchladens natürlich nicht verletzen.«

»Schätzchen, damit Sie mich verletzen könnten, müsste ich Sie erst mal ernst nehmen«, sagte Dixie, immer noch mit diesem süßlichen Lächeln auf den Lippen.

Janine grinste übers ganze Gesicht, als hätte sie am liebsten eine Tüte Popcorn zu diesem Spektakel.

»Wir sollten weitergehen, Mom. Wir haben noch eine Menge einzukaufen.« Sie schob ihre Mutter auf dem Gehweg weiter und flüsterte Dixie im Vorbeigehen zu: »Tut mir so leid!«

Dixie nickte und winkte. »Keine Sorge, Süße, ich weiß, wie man mit Frauen wie ihr umgehen muss.«

Während Janine ihre Mutter weiterzog, blieb Julie noch einen Augenblick stehen. »Dann kannst du mir beibringen, wie man das macht?« Dixie lachte.

Ihre letzte Station war ein kleines Möbelgeschäft direkt vor der Brücke zur Insel. Julie stellte sich darauf ein, ihre Mutter an allem herummäkeln zu lassen, nach Hause zu fahren und ihre Möbel später allein zu kaufen, wenn SuAnn wieder weg war. Dann würde sie zwar selbst dafür bezahlen müssen, aber dafür konnte sie sich aussuchen, was ihr gefiel.

»Das ist ja verblüffend nett.« SuAnn zeigte auf ein wollweißes Sofa. Und sie hatte völlig recht, das Sofa passte perfekt zur Stilepoche des Hauses. »Und der Preis ist vernünftig. Das ist der Vorteil, wenn man in armen Gegenden einkauft.«

»Mom, das ist hier keine arme Gegend. Ist dir klar, dass die Häuser am Strand Millionen wert sind?«, sagte Janine.

»Das scheint mir für diese Lage ziemliche Abzocke zu sein. Aber das Sofa würde jedenfalls gut in dein Wohnzimmer passen, was meinst du, Julie?«

»Oh, ich habe ein Mitspracherecht?«

»Aber natürlich, Liebling. Ich bin nur zu deiner Unterstützung hier.«

»Also gut, ja, ich mag es tatsächlich. Und ich glaube, der blaue Sessel da drüben würde einen hübschen Akzent dazu setzen.«

»Hey, Julie, hast du die Tische da gesehen?«, fragte Janine.

Innerhalb einer Stunde hatten sie alles ausgesucht, was Julie für Wohn-, Ess-, Schlaf- und Gästezimmer brauchte. Ihre Mutter zahlte dankenswerterweise für alles, und die Möbel sollten am nächsten Tag geliefert werden.

»Danke für die Möbel, Mom. Ich weiß das wirklich zu schätzen«, sagte Julie, als ihre Mutter sich vor dem Haus von ihr verabschiedete, um in die Berge von Georgia zurückzukehren.

»Sieh es einfach als meinen Beitrag zu deinem Neuanfang. Es macht mich so glücklich, dass ihr beide euch vertragt.«

Und Julie wusste, dass ihre Mutter das ehrlich meinte, trotz allem. Wenn sie wirklich ernsthafte Gesundheitsprobleme hatte, wollte Julie ihr diesen letzten Wunsch erfüllen, an Weihnachten beide Töchter um sich zu haben.

»Gute Reise«, sagte Janine, umarmte ihre Mutter kurz und ging zurück zum Haus.

»Wie geht es ihr wirklich?«, fragte SuAnn, als Janine außer Hörweite war.

»Besser, glaube ich. Es scheint ihr hier wirklich zu gefallen.«

»Sie sieht auch viel besser aus. Scheint ein bisschen zugenommen zu haben.«

»Stimmt. Und sie geht zu einer Therapiegruppe.«

»Gut. Ich weiß, dass das nicht leicht war, Julie Ann, aber du tust ihr etwas Gutes.«

Endlich einmal führte sie ein normales Gespräch mit ihrer Mutter. Auf so einen Moment hatte sie ihr Leben lang gewartet.

»Und eines Tages findest du auch wieder einen Mann und musst nicht mehr hier in der Wildnis leben.«

Ah. Na bitte.

»Mom, hier ist mein Zuhause. Ich habe nicht vor, Seagrove wieder zu verlassen. Ich mag meine Arbeit und meine Freunde und mein Haus. Ich brauche keinen Mann, der für mich sorgt.«

»Oh, Julie. Ich hoffe, du änderst deine Meinung eines Tages.«

»Komm gut nach Hause, Mom.«

SuAnn winkte und stieg ins Auto, und Julie beschloss, sich einen großen Becher Eiscreme zu genehmigen.

»Wohin gehen wir?«, fragte Janine.

»Es muss hier irgendwo sein. Es ist ein großer, mit Moos bewachsener Baum.«

»Ernsthaft?«, sagte Janine hinter ihr. »Alle Bäume hier sind mit Moos bewachsen.«

»Ja, aber dieser eine ist etwas Besonderes. Da gibt es eine Plattform … Da, das ist er!«

Sie traten näher heran, und Janine sah nach oben. »Und das hat Dawson gebaut?«

»Ja, als kleiner Junge. Ich sag dir, von da hat man den besten Blick auf der ganzen Insel.«

»Und du bist da raufgeklettert?«

»Ja. Ich hatte tierische Angst, aber es hat sich gelohnt. Nur hat mich Dawson keine Fotos machen lassen, weil er meinte, ich müsse das Bild in meinem Herzen speichern.«

»Manchmal ist er ein bisschen esoterisch.«

Julie sah ihre Schwester an. »Ach, und du nicht, oder was?«

»Deshalb weiß ich ja, wovon ich rede. Also, warum sind wir hier?«

»Erstens wollte ich dir die Insel zeigen und dir erzählen, was ich alles gelernt habe. Zum Beispiel, dass das hier eine Virginia-Eiche ist.«

»Okay.«

»Und zweitens, aber du darfst nicht lachen, schreibe ich einen Roman.«

»Warum sollte ich lachen, Julie? Ich finde das toll.«

Janine schien sich wirklich für sie zu freuen, und in diesem Moment bekam Julie ein schlechtes Gewissen. Ihre Schwester freute sich ehrlich für sie, während sie selbst Janine so viele Jahre lang nur darum beneidet hatte, dass ihr alles so leichtzufallen schien.

»Im Ernst?«

»Natürlich! Du konntest schon immer super schreiben. Dein Roman wird bestimmt großartig.«

»Wow.« Julie starrte sie an.

»Was?«

»Ich dachte, du hältst das für albern.«

»Das macht mich traurig. Wir haben uns im Lauf der Jahre ganz schön weit voneinander entfernt, oder?«

»Ja.«

Janine legte Julie die Hände auf die Schultern. »Ich bin deine große Schwester, und ich bin immer stolz auf dich. Und vielleicht war ich manchmal eifersüchtig auf dich. Das tut mir leid.«

»Du eifersüchtig auf mich? Warum das?«

»Weil du das Leben hattest, das ich mir gewünscht habe. Mit Mann und Kindern und Stabilität.«

»Das hast du dir gewünscht? Aber du bist immer herumgereist und nie an einem Ort geblieben.«

Janine zuckte die Schultern. »Ich bin vor meinen Minderwertigkeitsgefühlen davongelaufen.«

»Das klingt nach Psychogerede.«

»Meine Therapeutin hat mir tatsächlich geholfen, ein paar Sachen aufzuarbeiten. Mir ist klargeworden, dass ich eine Mauer errichtet habe, dass ich versucht habe, anders zu sein, um Moms Aufmerksamkeit zu bekommen und nicht so neidisch auf dich zu sein.«

Julie war verblüfft. »Ich war die ganze Zeit eifersüchtig auf dich.«

»Ernsthaft?«

»Ja. Ich dachte, du würdest auf mein langweiliges Leben herabschauen.«

»Das habe ich, aber nur, weil du das hattest, was ich mir gewünscht habe.«

»O Mann, wir sind ganz schon verkorkst, was?«

Janine lachte. »Sieht ganz so aus. Aber immerhin haben wir es jetzt geklärt, und wir haben noch viele Jahre, in denen wir uns wieder näher sein können.«

»Stimmt.« Julie hatte das Gefühl, als würde ihr langsam eine Last von den Schultern genommen.

»Also, was hat dieser Riesenbaum mit deinem Roman zu tun?«

»Ich will üben, diesen Ort zu beschreiben, weil mein Roman hier auf Seagrove spielen wird. Ich möchte mich gründlich umschauen und mir ein paar Notizen machen.«

»Wir klettern da rauf? Ohne Dawson?«

»Wir brauchen doch keinen Mann, oder?«, fragte Julie grinsend. »Außerdem soll er noch nicht wissen, dass ich ein Buch schreibe.«

»Wir können es ja versuchen.« In Janines Stimme schwang Unsicherheit mit.

»Weißt du noch, wie wir immer auf den Magnolienbaum hinter Onkel Dans Haus in den Bergen geklettert sind?«

»Ja, aber das Ding hier ist dreimal so groß.«

»Stimmt. Aber ich glaube, wir können es schaffen.«

»Also gut, versuchen wir's.«

Die beiden Frauen ließen sich Zeit und kletterten vorsichtig zur Plattform hinauf. Als Julie endlich darauf saß, seufzte sie erleichtert.

»Sieh dir diesen Ausblick an«, sagte sie.

Mit großen Augen sah Jannine sich um. »Wow, das ist wirklich wunderschön. Sieh nur, der Strand. Auf dieser Seite war ich bisher noch gar nicht. Das muss ich in meine tägliche Routine aufnehmen. Ich habe übrigens angefangen, am Strand Yoga zu machen.«

»Wirklich? Du machst also wieder Yoga? Das freut mich!«

»Ich dachte, du hasst Yoga und findest es blöd?«, fragte Janine.

»Seit deiner Unterrichtsstunde sehe ich es mit ganz anderen Augen, glaub mir.«

Janine lachte. »Danke. Das bedeutet mir viel. Ich denke darüber nach, mir etwas eigenes aufzubauen.«

»Wirklich? Was denn?«

»Ich würde gern Yogakurse für traumatisierte Menschen anbieten. In der Praxis meiner Therapeutin könnte ich Flyer aufhängen, dann sind meine Kurse bestimmt schnell ausgebucht. Ich habe überlegt, sie am Strand abzuhalten.«

»Das ist eine tolle Idee. Bestimmt hat Dixie auch nichts dagegen, wenn du im Buchlanden ein paar Flyer auslegst.«

»Das wäre toll. Ich freue mich sehr auf diesen Neuanfang.«

»Janine, du kannst so lange bei mir wohnen, wie du willst.«

»Wirklich? Ich möchte dir nicht zur Last fallen. Ich meine, wir kommen gut miteinander aus, aber es steht immer noch eine Menge zwischen uns.«

Julie lehnte den Kopf an Janines Schulter. »Ich glaube, wir kriegen das hin.«

»Ich auch.« Janine lehnte ihren Kopf an Julies, und die beiden beobachteten die Möwen, die im Sturzflug ins Wasser tauchten.

Beinahe wären sie beim Abstieg vom Baum gefallen, doch sie schafften es sicher zurück zum Haus. Sie waren viel zu lange dort oben geblieben und hatten jetzt einen Mordshunger.

Julie hatte sich sorgfältige Notizen gemacht und eine Menge Fragen über die heimische Vegetation, die sie Dixie und vielleicht auch Dawson stellen wollte. Ihr Buch sollte so realistisch wie möglich werden.

»Ich gönne mir jetzt eine schöne heiße Dusche«, sagte Janine, kaum dass sie durch die Tür waren. In der Küche stand Dawson und bearbeitete die Wandfliesen, die Julie sich nachträglich gewünscht hatte.

»Hey«, sagte er. »Wohin wart ihr denn verschwunden?«

Sie lächelte. »Wir sind auf den Baum geklettert.«

Er unterbrach seine Arbeit und drehte sich zu ihr um. »Auf den Baum? Allein?«

»Ganz genau«, sagte sie stolz.

Dawson sah leicht beunruhigt aus. »Ihr hättet abstürzen können.«

»Was?«

»Ihr hättet nicht allein da raufklettern sollen.«

»Nimm's mir nicht übel, Dawson, aber wir sind erwachsene Frauen. Wir brauchen keinen männlichen Beschützer.«

Schmunzelnd schüttelte er den Kopf. »Das vielleicht nicht. Aber wusstest du, dass es in dem Baum Ameisen gibt, deren Bisse dich ins Krankenhaus bringen können? Oder welche Pflanzen du anfassen kannst und von welchen du so schlimmen Ausschlag kriegst, dass du lieber tot wärst?«

»Ähm … nein.«

»Ich sage nicht, dass du einen Beschützer brauchst, aber diese Insel ist anders als alles, was du bisher kennst. Du musst auf dich aufpassen.«

»Tut mir leid. Ich hätte fragen sollen. Aber uns geht's gut.«

»Gut«, sagte er und lächelte endlich. »Hat es Janine gefallen?«

»Ja, total. Sie ist duschen gegangen.«

Ihr Handy klingelte, und sie zog es aus der Tasche.

»Hallo?«

»Ich möchte eine Julie Pike sprechen.«

»Das bin ich.«

»Hier ist Schwester Linda Dunkin aus dem Regionalkrankenhaus Boston. Ist Michael Aaron Pike Ihr Ehemann?«

Ihr Herz raste. »Mein zukünftiger Ex-Mann, ja. Warum fragen Sie?«

»Er hatte einen Autounfall, sein Zustand ist ziemlich ernst. Sie sollten vorbeikommen.«

»Aber ich wohne in South Carolina. Ist seine Verlobte nicht bei ihm? Sie heißt Victoria.«

»Sie war hier, ja. Aber offiziell sind Sie immer noch verheiratet, und Sie werden die Entscheidungen über seine medizinische Versorgung treffen müssen.«

Ihr wurde übel. Sosehr sie Michael für das hasste, was er ihr angetan hatte, wünschte sie ihm doch nichts Schlechtes.

»Okay, ich nehme den nächsten Flug.«

Sie legte auf, die Augen voller Tränen.

»Was ist los?«, fragte Dawson. Janine kam, noch in ein Handtuch gewickelt, in die Küche.

»Was ist passiert?«, fragte sie.

»Das Krankenhaus in Boston hat angerufen. Michael ist bei einem Autounfall schwer verletzt worden. Sie haben mich angerufen, weil ich noch seine Ehefrau bin ... ich muss los ...« Sie lief wie ein kopfloses Huhn durchs Zimmer.

»Julie, hol erst mal Luft.« Dawson fasste sie an den Schultern. Sie atmete ein paar Mal tief durch und versuchte, sich zu beruhigen.

»Soll ich die Mädchen anrufen?«, fragte Janine.

»Nein, noch nicht. Erst muss ich sehen, was wirklich los ist. Wo ist der nächste Flughafen?«

»Charleston«, sagte Dawson. »Ich bringe dich hin.«

»Okay.«

»Ich komme mit nach Boston«, sagte Janine.

»Das musst du nicht.«

Janine sah sie an. »Doch. Muss ich.«

Dreizehntes Kapitel

Als Julie und Janine im Krankenhaus ankamen, galoppierte Julies Herz wie wild. Am Ende würde sie noch selbst ein Krankenhausbett brauchen, bevor diese Sache vorbei war. Noch nie im Leben hatte sie sich solche Sorgen gemacht.

Und sie machte sich um vieles Sorgen. Wie schlimm war Michaels Zustand? Wie würde sie es ihren Töchtern beibringen? Wie sollte sie sich gegenüber Victoria verhalten? Wie sollte sie Entscheidungen über Leben und Tod eines Mannes treffen, auf den sie so dermaßen wütend war? Wie konnte sie sicher sein, dass ihre Entscheidung richtig war?

»Hallo, mein Name ist Julie Pike, ich wurde angerufen wegen meines Ehemannes Michael.«

»Ja, wir haben auf Sie gewartet. Einen Moment, ich hole Dr. Sadler.« Die Schwester ging kurz telefonieren und kam dann zur Anmeldung zurück. »Dr. Sadler wird in Kürze bei Ihnen sein. Sie können in dem kleinen Raum dort drüben warten.«

Julie und Janine gingen in den Raum und setzten sich.

»Nicht zu fassen, wie lange wir hierher gebraucht haben. Wenn ich gewusst hätte, wie lange wir auf einen Flug warten müssen, wäre ich mit dem Auto gefahren.«

»Du bist so schnell gekommen, wie du konntest, Julie. Es ist nicht deine Schuld. Und Dawson hält zu Hause die Stellung. Im Buchladen hat Dixie alles im Griff. Du kannst dich jetzt ganz auf deine Aufgabe hier konzentrieren.«

»Ich weiß. Danke, dass du mitgekommen bist.«

»Natürlich. Dafür sind Schwestern doch da, oder nicht?«

Julie ergriff Janines Hand und drückte sie fest. »Ich bin so froh, dass wir an unserer Beziehung arbeiten, denn ehrlich gesagt, im Moment wüsste ich nicht, was ich ohne dich täte.«

»Darum brauchst du dir nie wieder Sorgen zu machen.« Janine legte den Arm um sie und zog sie an sich.

Kurz darauf kam Dr. Sadler. »Mrs Pike?«

»Das bin ich. Und das ist meine Schwester Janine.«

»Freut mich. Gehen wir doch in mein Büro, um über Michaels Zustand zu sprechen.« Sie folgten ihm ein kurzes Stück über den Flur und betraten ein kleines Büro.

»Also, Michael hatte gestern Abend einen sehr schweren Autounfall. Als er in die Notaufnahme kam, war sein Zustand lebensbedrohlich. Er hat sich das Becken, den Oberschenkel und mehrere Rippen gebrochen. Er hatte Platzwunden im Gesicht, Schwellungen an den Augen und eine Kopfverletzung, deren Ausmaß wir erst beurteilen können, wenn er aufwacht. Als wir Sie anriefen, wussten wir nicht, ob er durchkommen würde.«

»Ach, du meine Güte, ich kann das alles nicht glauben.«

»Wie mir die Schwester mitteilte, befinden Sie sich im Scheidungsverfahren?«

»Das stimmt.«

»Dann tut es mir leid, dass wir Sie anrufen und Sie den Weg auf sich nehmen mussten, aber die Rechtslage …«

»Nein, schon gut. Michael und ich waren zwanzig Jahre zusammen und haben zwei erwachsene Kinder. Die beiden würden von mir erwarten, dass ich für ihren Dad da bin und dafür sorge, dass er die richtige medizinische Versorgung bekommt.«

»Natürlich. Wie ich höre, ist er neu verlobt?«

»Das ist ebenfalls richtig. Und sie haben ein gemeinsames Kind.«

Dr. Sadler sah sie an und schüttelte leicht den Kopf, bevor er fortfuhr. »Also, mir ist bewusst, dass es widersprüchliche Gefühle bei Ihnen auslöst, wenn Sie für jemanden da sein müssen, mit dem sie eine solche Vergangenheit haben. Aber um ehrlich zu sein, scheint seine Verlobte kein großes Interesse daran zu haben, sich um ihn zu kümmern.«

Julie starrte ihn verständnislos an. Sie legte den Kopf schief. »Was?«

»Um ganz offen zu sein: Wir haben sie in den letzten vierundzwanzig Stunden nur ein Mal gesehen. Direkt nach seiner Einlieferung war sie etwa eine halbe Stunde lang hier. Als wir fragten, wer sie sei, schien sie auf Distanz zu gehen. Einer Schwester gegenüber sagte sie sogar, sie hätte kein Interesse daran, jemanden zu pflegen, der durch seine Verletzungen derart beeinträchtigt ist.«

»Was für eine widerwärtige Egoistin!« Janine warf die Hände in die Luft. Julie hob beschwichtigend die Hand. »Bitte, Janine. Was wollen Sie damit genau sagen, Dr. Sadler?«

»Ich sage, dass Sie seine nächste Angehörige sind, wenn auch nur auf dem Papier. Sein Zustand ist immer noch sehr ernst. Im Augenblick ist er nicht bei Bewusstsein und hat bereits eine Operation hinter sich. In den nächsten Tagen sind weitere Operationen geplant. Er wird eine ganze Weile hier im Krankenhaus versorgt werden müssen, und wenn seine Verlobte sich nicht um ihn kümmern möchte, wissen wir nicht, wer ihm emotionalen Beistand spenden wird.«

Julie verstand, worauf er hinauswollte. Sie sollte hierbleiben, sollte die aufopferungsvolle Ehefrau spielen, bis er sich erholt hatte. Das Leben war nicht fair. Noch vor ein paar Stunden hätte sie ihn am liebsten mit bloßen Händen erwürgt, und jetzt sollte sie an seinem Krankenbett sitzen und ihm Kraft geben, weil seine dämliche Verlobte keine Lust hatte, sich die Hände schmutzig zu machen.

»Was soll ich tun?«

»Nun, zuerst sollten Sie ihn wohl besuchen. Er kann zwar nicht reagieren, aber er wird Ihre Gegenwart spüren. Manchmal reagieren Patienten auf eine bekannte Stimme. Im Grunde war er die letzten vierundzwanzig Stunden allein in seinem Zimmer, wenn man von dem kurzen Besuch seiner Verlobten absieht. Und als sie ging, ist sein Blutdruck so stark in die Höhe geschossen, dass wir ihm Medikamente geben mussten. Vielleicht hat sie etwas gesagt, das ihn aufgeregt hat. Ich weiß es nicht.«

»Das ist wirklich eine merkwürdige Situation. Aber ich bin hier und werde tun, was getan werden muss. Also ja, ich möchte ihn sehen. Und wenn Sie mir dann mehr über seinen Zustand und seine Prognose sagen können, würde ich gern meine Töchter anrufen und ihnen Bescheid geben. Eine lebt in Kalifornien, die andere studiert in Europa.«

»Sicher. Ich zeige Ihnen sein Zimmer, und dann sprechen wir uns später wieder.«

Janine und Julie standen auf und wechselten einen Blick, ehe sie dem Arzt zu Michaels Zimmer folgten.

Die nächsten fünf Minuten nahm sie nur verschwommen war. Janine blieb in einem Warteraum in der Nähe, während Julie in Michaels Zimmer ging. Sie konnte nicht glauben, was sie sah. Überall Schläuche und Infusionen. Maschinen piepten. Es war dunkel im Raum. Sie konnte nicht glauben, dass dies der Mann war, mit dem sie zwei Jahrzehnte lang verheiratet gewesen war. Er sah leblos, blass und jämmerlich aus.

»Oh, Michael, es tut mir so leid. Ich bin jetzt da. Du brauchst dich um nichts weiter zu kümmern, als wieder gesund zu werden.« Das sagte sie vor allem ihren Töchtern zuliebe. Die beiden sollten nicht glauben, Julie hätte nicht alles getan, um ihren Vater zu retten.

»Es wird alles wieder gut. Ich werde alle Entscheidungen für dich treffen und mein Bestes tun, damit du gesund und munter wirst und wieder Golf spielen kannst.«

Bei seinem Anblick glaubte Julie allerdings kaum, dass er je wieder Golf spielen würde. Er sah so kaputt aus, als könnten seine Einzelteile nie wieder zusammengeflickt werden. Aber sie wusste, dass Ärzte Wunder wirken konnten, und vor allem musste Michael selbst gesund werden wollen.

Eine Stunde lang sprach sie mit ihm, erzählte von gemeinsamen Erinnerungen, nahm hin und wieder seine Hand, wenn sie sich dazu überwinden konnte. Als sie hörte, wie die Tür geöffnet wurde, nahm sie an, eine Schwester wäre gekommen, um Vitalwerte abzulesen oder Blut abzunehmen.

Stattdessen kam Victoria herein.

Da stand sie, die langen Haare zu einem Pferdeschwanz gebunden. Sie war perfekt geschminkt, trug eine Designer-Handtasche, Jeans und ein weißes T-Shirt. Sie sah aus wie ein verdammtes Supermodel.

»Was machen Sie hier?«, fragte Victoria und verschränkte die Arme vor der Brust.

»Ich wurde angerufen, weil ich offiziell immer noch seine Frau bin.«

»Verstehe. Wie blöd.«

»Na ja, nach allem, was ich vom Personal hier höre, scheinen Sie sich nicht darum zu reißen, sich um ihn zu kümmern.«

Victoria trat näher. »Das hätte man Ihnen gar nicht sagen dürfen.«

»Tja, hat man aber. Und obwohl er mich so mies behandelt hat und sein Leben lieber mit Ihnen verbringen wollte, halte ich mich an mein Ehegelübde. In guten wie in schlechten Zeiten.«

»Dann sollten Sie wohl auch wissen, dass ich hier bin, um mich zu verabschieden.«

Julie stand auf und ging eilig auf Victoria zu. »Nicht so laut, er kann Sie hören.«

»Ich kann das alles nicht.«

»Sie können *was* nicht? Sie wollen ihn heiraten und ihm die Treue schwören.«

»Für so etwas bin ich nicht gemacht. Die Ärzte sagen, die Heilung wird Monate dauern, vielleicht sogar Jahre. Und wahrscheinlich wird er nie wieder der Alte. Womöglich kann er nicht mehr sprechen. Oder gehen. Ich kann das nicht. Ich führe ein aktives Leben. Tut mir leid, aber so ein Leben will ich nicht, nicht für mich und nicht für meinen Sohn.«

»Und wie wollen Sie Ihrem Sohn irgendwann erklären, dass Sie seinen Vater verlassen haben, als er im Krankenhaus lag und Sie am dringendsten brauchte?«

»Das werde ich mir überlegen, wenn es so weit ist.«

Julie schüttelte den Kopf. Noch nie in ihrem Leben hatte sie jemandem so sehr eine reinhauen wollen. Und ihr war sehr wohl bewusst, dass diese Frau, die sie schlagen wollte, die Geliebte ihres Mannes war. Warum setzte sie sich so für Michael ein? Er hätte das für sie ganz gewiss nicht getan.

»Wagen Sie es nicht, ihm jetzt zu sagen, dass Sie ihn verlassen. Dann gibt er sich vielleicht auf, und das darf er nicht. Er hat nämlich zwei erwachsene Töchter, und die brauchen einen Vater, der sie eines Tages zum Altar führen kann.«

»Also gut. Wenn, oder falls, er zu sich kommt, sagen Sie ihm bitte, dass es mir leidtut. Vielleicht bin ich einfach nicht stark genug, um auf diese Art für jemanden da zu sein.«

»Sie sind eine Egoistin. Schlagen Sie das Wort mal im Wörterbuch nach. Da finden Sie ziemlich sicher ein Bild von sich.«

Victoria schnaubte, drehte sich um und verließ das Krankenzimmer. Julie hoffte sehr, dass sie diese Frau zum letzten Mal gesehen hatte.

In den nächsten vierundzwanzig Stunden traf sie sämtliche Entscheidungen für Michael, während er hilflos dalag. Janine quartierte sich in einem Hotelzimmer ein, während Julie sich um alle Bedürfnisse ihres Mannes kümmerte. Er wurde ein weiteres Mal operiert, um sein Becken zu richten, damit er wieder würde laufen können. Ob die Operation geglückt war, wussten die Ärzte nicht. Man sagte ihr, der entscheidende Faktor sei die Reha, und viel hinge davon ab, ob Michael selbst wirklich wieder gesund werden wollte.

Noch immer war Michael nicht bei Bewusstsein. Julie hatte keine Ahnung, ob er ihre Gegenwart wahrnahm oder nicht. Schließlich rief sie ihre Töchter an und versuchte, ihnen so gut sie konnte zu erklären, was passiert war. Beide waren am Telefon in Tränen aufgelöst und wollten sofort nach Boston fliegen, um ihren Dad zu sehen.

Julie hatte darauf bestanden, dass die beiden fürs Erste blieben, wo sie waren. Sie selbst fühlte sich im Moment stabil und wollte auf keinen Fall, dass die Mädchen ihren Vater in diesem Zustand sahen. Außerdem würde sich Julie nur noch mehr Sorgen machen, wenn Meg ganz allein von Europa in die Staaten flog.

Es war so einsam, in diesem Krankenzimmer zu sitzen. Wenn

sie Michael ansah, wollte sie ihn jedes Mal gleichzeitig umarmen und auf ihn einschlagen. Sie wollte ihn anschreien, weil er ihr gemeinsames Leben zerstört hatte. Sie hätten in diesem Moment zusammen in einem Strandhaus wohnen und endlich die Früchte von so vielen Jahren Arbeit genießen können.

Stattdessen hatte sie herfliegen müssen, um sich um den Mann zu kümmern, der sie betrogen und eine andere Frau geschwängert hatte. Und sie hatte seine Ehre gegen ebendiese Frau verteidigen müssen. Das war alles so komplett absurd.

»Guten Tag, Mrs Pike«, sagte Dr. Sadler bei der Visite.

»Hallo. Gibt es etwas Neues über seinen Zustand?«

»Die Operation scheint gut verlaufen zu sein. Er hat einen langen Genesungsprozess vor sich. Ich möchte nicht taktlos erscheinen, aber haben Sie schon darüber nachgedacht, wie Sie das regeln wollen? Werden Sie aus South Carolina hierherziehen?«

Dieser Gedanke war ihr nie gekommen. Sie hatte sich in Seagrove ein Leben aufgebaut und nicht vor, das wieder aufzugeben. Aber was sollten ihre Töchter denken, wenn sie ihr Singleleben in dem kleinen Inseldorf weiterführte und ihren Vater sich selbst überließ?

»Ich weiß es nicht. Das ist alles noch so frisch.«

»Das verstehe ich. Geben Sie mir Bescheid, wenn Sie etwas brauchen. Im Augenblick ist er stabil.«

»Wissen Sie, wann er aufwacht?«

»Nein. Das liegt ganz bei ihm.« Damit verließ Dr. Sadler den Raum, und Julie blieb allein zurück und musste abwarten, dass Michael endlich wieder die Augen aufschlagen würde.

Julie saß neben Michaels Bett auf einem Stuhl und döste. Tag und Nacht war sie bei ihm gewesen. Zwischendurch führte sie Videotelefonate mit ihren Töchtern und textete mit Dawson we-

gen des Hauses. Janine verbrachte viele Tage bei ihr im Krankenzimmer und riet ihr zu Pausen, wenn es nötig war.

Dass Michael noch immer ihr Leben bestimmte, rief währenddessen eine ganze Bandbreite von Emotionen in ihr hervor,
die von Traurigkeit bis Verbitterung reichten. Wie sie erfahren
hatte, war der Unfall passiert, weil er auf dem Nachhauseweg von
einer Geschäftsreise am Steuer eingeschlafen war. Was für eine
Ironie, dass er möglichst schnell zu seiner Victoria hatte kommen wollen, die ihn jetzt beim ersten Anzeichen von Schwierig-
keiten sitzen ließ.

Als der Abend hereinbrach und Julie aus dem Fenster blickte,
fiel ihr auf, wie sehr sich die Nacht hier von der im Süden unterschied. Statt der Geräusche von Insekten und brechenden Wellen hörte sie das Piepen medizinischer Geräte und das Hupen
von Autos draußen auf der Straße.

»Wo … bin … ich?«, hörte sie plötzlich Michaels Stimme. Sie
sprang auf und rannte an sein Bett.

»Michael, ich bin's, Julie.« Sie drückte sacht seine Hand und
beugte sich über ihn.

Er blinzelte, versuchte, die Augen zu öffnen. »Victoria?«

Julie schluckte ihren Ärger hinunter. »Nein, Michael, ich bin
es, Julie.«

Wieder versuchte er, die Augen zu öffnen. Die Anstrengung
war seinen Zügen deutlich anzusehen.

»Julie? Was machst du hier?«

Ihn so verwirrt zu sehen, schmerzte sie mehr, als sie zugeben
wollte. Zu sehen, wie ihre erste große Liebe, der Mann, mit dem
sie zwanzig Jahre lang verheiratet gewesen war, nicht begreifen
konnte, warum er in einem Krankenhausbett lag und an einen
Haufen Geräte angeschlossen war, brachte sie beinahe zum Weinen.

»Michael, du musst jetzt ruhig bleiben, okay? Du bist im Krankenhaus.«

Er öffnete die Augen weiter und sah sich um. Plötzlich wirkte er verzweifelt und verängstigt. Er fing an, um sich zu schlagen, um seinen geschundenen Körper von den Schläuchen und Kabeln zu befreien.

»Michael, bitte, halt still. Du schaffst das …«

Er zerrte weiter an den Kabeln und zuckte vor Schmerz zusammen. Verzweifelt drückte Julie schließlich den Rufknopf. Die Schwester kam schnell und bat Julie, den Raum zu verlassen, während sie sich bemühte, Michael zu beruhigen.

Julie trat auf den Flur hinaus, Tränen rannen ihr übers Gesicht. Diese Situation war in so vieler Hinsicht unerträglich. Sie war gezwungen, für den Mann da zu sein, der ihr das Herz in eine Million Stücke gebrochen hatte, und er wollte sie nicht einmal um sich haben, genauso wenig wie er weiter mit ihr verheiratet sein wollte. Er wollte Victoria.

Im Grunde könnte sie jetzt gehen. Er war wach. Er war am Leben. Sie könnte einfach in den nächsten Flieger steigen und in ihr Leben in Seagrove zurückkehren. Niemand könnte ihr einen Vorwurf machen.

Außer ihren Töchtern. Ihnen durfte sie das nicht antun.

»Was ist passiert?«, fragte Janine, als sie mit zwei Kaffeebechern in der Hand auf Julie zueilte.

»Er ist aufgewacht«, sagte Julie. Sie wischte sich die Tränen ab und versuchte, das versteinerte, emotionslose Gesicht ihrer Mutter aufzusetzen.

»Das ist doch gut, oder nicht?«

»Er weiß nicht, wo er ist, und er will nicht mich sehen, sondern Victoria. Genau wie in den letzten beiden Jahren. Ich kann das nicht, Janine. Wie soll ich das schaffen?«

Janine nahm sie in die Arme. »Ich weiß, dass es schwer ist, Süße. Aber du tust das für Meg und Colleen.«

»Ich weiß.« Julie trat zurück. »Aber er will mich nicht.«

»Er ist nicht bei klarem Verstand. Gib ihm Zeit. Sieh es als einen Job, den du erledigen musst. Wie ... was war der schlimmste Job, den du je hattest?«

»Weiß nicht.« Julie nippte an ihrem Kaffee.

»Oh doch, das weißt du. Wir wissen es beide.«

Julie kicherte. »Klos putzen bei McAffey's Chicken.«

»Genau! Das war so ekelhaft da. Wie lange warst du da?«

»Drei Tage.« Julie lachte laut auf. »Meine Jeans habe ich danach bei Onkel Dan im Garten verbrannt, weil der Essensgestank nicht mehr rausging.«

Die beiden Frauen kicherten, bis die Schwester wieder aus dem Zimmer kam.

»Wie geht es ihm?«, fragte Julie.

»Er ist jetzt ruhiger, aber wenn er sich wieder aufregt, rufen Sie mich. Vielleicht müssen wir ihn sedieren.«

»Danke«, sagte Julie. »Kommst du mit rein?«

»Natürlich«, sagte Janine.

Sie gingen ins Zimmer, doch Janine blieb in der Tür stehen, damit Michael sie nicht sah. Die beiden hatten sich nie besonders gut verstanden, und sie wollte ihn nicht aufregen.

»Julie?«, fragte Michael, immer noch benommen.

»Ja, ich bin's. Wie fühlst du dich?«

»Müde. Zerschlagen. Durcheinander. Was ist passiert? Warum bin ich hier?«

Julie setzte sich und bemühte sich, beruhigend zu klingen. »Du hattest einen Autounfall. Vor ein paar Tagen.«

»Ich bin schon seit Tagen hier? Aber ich kann mich an nichts erinnern.«

»Du warst sehr schwer verletzt.«

»Lebensgefährlich?«

»Ja. Du wurdest zweimal operiert. Bis jetzt.«

»Bis jetzt?«

»Der Arzt kommt bestimmt gleich und bespricht deine Prognose und die weitere Behandlung mit dir.«

»Ich habe Angst, Julie.«

Ihr tat das Herz weh. Wie sehr sie sich wünschte, dass es anders wäre zwischen ihnen. Er hatte Angst, und sie wollte ihn trösten, wie eine Ehefrau ihren Mann tröstet, doch gleichzeitig war ihr nur allzu bewusst, dass er eigentlich nicht sie wollte. Er wollte einfach nur irgendjemanden.

»Es wird alles wieder gut, Michael. Die Ärzte haben mit so etwas sehr viel Erfahrung.«

Er sah sich um. »Wo ist Victoria?«

Julie schluckte schwer. Was sollte sie sagen? Sie wollte ihn auf keinen Fall so sehr aufregen, dass er wieder einen Anfall bekam. Aber es war nur eine Frage der Zeit, bis er bemerkte, dass sie nicht da war und auch nicht kommen würde.

»Ach, ich weiß nicht, wo sie im Moment ist. Du musst dich jetzt darauf konzentrieren, gesund zu werden. Meg und Colleen brauchen ihren Vater.«

»Meg und Colleen … sind sie hier?«

»Nein, ich habe ihnen gesagt, sie sollen nicht herkommen, bis wir mehr über deine Prognose wissen.«

»Oh.«

»Möchtest du mit ihnen skypen? Morgen vielleicht, wenn du dich fit genug fühlst?«

»Ja, das wäre schön …« Seine Lider zitterten.

»Schlaf jetzt, Michael. Wir reden morgen weiter, wenn du aufwachst, okay?«

»Okay …« Seine Stimme verlor sich, die Augen fielen ihm zu.

Langsam stand Julie auf und verließ das Zimmer. Janine folgte ihr.

»Du beeindruckst mich, kleine Schwester«, sagte Janine.

»Das war hart. Was soll ich ihm denn bitte wegen seinem Flittchen sagen?«

»Ich weiß es nicht. Vielleicht fragst du den Arzt danach?«

»Gute Idee. Ich gehe ihn mal suchen. Kannst du dich bei Dawson melden und fragen, ob er irgendetwas braucht, was mit dem Haus zu tun hat?«

»Klar.«

Julie war schon ein paar Schritte den Flur hinuntergegangen, drehte sich aber noch einmal um.

»Janine?«

»Ja?«

»Ich wollte dir nur sagen, dass ich dich lieb hab.«

Janine lächelte. »Ich dich auch, Schwesterherz.«

Vierzehntes Kapitel

Die Tage vergingen, und Julie fragte sich allmählich, ob sie je nach Seagrove zurückkommen würde. Janine war bei ihr geblieben, bis Julie sie gebeten hatte, auf die Insel zurückzufahren und Dawson bei den letzten Renovierungsarbeiten zu helfen.

Michael hatte Videotelefonate mit Meg und Colleen geführt und viele, viele Male nach Victoria gefragt. Aus irgendeinem Grund konnte er nicht begreifen, dass sie nicht zurückkommen würde.

»Du musst etwas essen«, sagte Julie, während er seinen Teller mit Hackbraten anstarrte, der kein bisschen appetitlich aussah.

»Keinen Hunger«, murrte er. Seine Persönlichkeit hatte sich massiv verändert. Die meiste Zeit war er wütend und neigte zu Ausbrüchen, die ihr manchmal Angst einjagten. Der Arzt meinte, das sei normal, aber es war dennoch schwer mit anzusehen.

Die Operationen waren abgeschlossen, und in Kürze würde die Reha beginnen. Er hatte ständig Schmerzen, und Julie fragte sich, wie er je wieder von den Schmerzmitteln loskommen sollte, die sie ihm gaben. Dann rief sie sich in Erinnerung, dass sie einen Schritt nach dem anderen gehen mussten.

»Wenn du nichts isst, kommst du nicht wieder zu Kräften«, sagte sie, ohne von ihrer Zeitschrift aufzusehen.

»Wo ist sie?«

»Wer?«

»Victoria.«

»Lass uns nicht darüber reden.«

»Hast du ihr den Zutritt zum Krankenhaus verboten? Ist das deine Art, dich an mir zu rächen?«

Julie war entsetzt. Das hatte er die ganze Zeit geglaubt? Dass sie sich darum gerissen hatte, ihn zu pflegen, und seine Freundin hatte aussperren lassen?

»Machst du Witze?«

»Witze? Das ist ganz und gar nicht lustig!«, brüllte er.

»Michael, schrei nicht so«, flüsterte sie.

»Ich will sie sehen!«

Julie seufzte. »Also gut. Ich wollte es dir erst sagen, wenn es dir besser geht, aber Victoria hat sich aus dem Staub gemacht.«

»Was soll das heißen?«

»Michael, sie war nach deinem Unfall nur kurz hier. Als ich einen Tag später hier ankam, hatte sie beschlossen, dass sie dich nicht pflegen will.«

Lange starrte er sie unter eng zusammengezogenen Augenbrauen an. Sie konnte nicht erkennen, ob er schockiert oder wütend war. Er starrte nur. Als begreife er ihre Worte nicht.

»Das glaube ich dir nicht. Wo ist mein Handy?«

Wieder seufzte Julie, wie sie es in letzter Zeit auffällig häufig tat. Sie ging zu seinem Schrank, holte das Handy aus seiner Jeanstasche und drückte auf den Knopf. Natürlich war der Akku leer.

»Dein Handy muss aufgeladen werden«, sagte sie, setzte sich wieder und hängte sein Telefon statt ihrem an ihr Ladegerät. Sobald das Display aufleuchtete, sah sie auf dem Sperrbildschirm ein Foto von Victoria und ihrem Sohn. Sie wollte sich am liebsten übergeben.

»Ich weiß nicht, was für ein Spiel du spielst, Julie, aber du wirst uns nicht auseinanderbringen. Ich liebe sie. Und ich liebe meinen Sohn.«

Jetzt reichte es Julie. Sie stand auf. »Hör mal, Michael. Ich habe mich bemüht, nett zu sein. Ich habe mich bemüht, die Fassung zu bewahren, weil ich unsere Töchter liebe und nicht will, dass sie ihren Vater verlieren. Aber ich kann das nicht mehr. Victoria hat mir ins Gesicht gesagt, dass sie nicht für dich sorgen wird. Sie wollte nicht hierbleiben. Und verdammt, ich will auch nicht hier sein, aber aus völlig anderen Gründen, wie du dir vielleicht vorstellen kannst. Ruf sie an, wenn du willst. Schreib ihr. Lass deine Botschaft mit einem Flugzeug an den Himmel schreiben. Tu, was du tun musst. Aber diese Frau hat dich sitzen lassen, als du sie gebraucht hast, und eigentlich könntest du einem leidtun, aber du machst es mir echt nicht gerade leicht.«

Sie atmete tief durch und setzte sich wieder. Dabei vermied sie es, Michael anzusehen, spürte aber seinen Blick.

»Sie hat mich verlassen?«

»Ja, hat sie.«

Einige Minuten lang sagte er kein Wort. Die ohrenbetäubende Stille wurde nur durch das Piepen der Überwachungsmonitore durchbrochen.

»Das ist dann wohl Karma. Du freust dich bestimmt.«

Sie legte den Kopf schief. »Ernsthaft? Was denkst du denn von mir?«

»Tut mir leid«, sagte er sanft. »Warum bist du hergekommen?«

»Das Krankenhaus hat mich angerufen.«

»Du hättest ablehnen können. Ich hätte dir keinen Vorwurf gemacht.«

Sie sah ihn an. »Ich bin für unsere Töchter hier. Mehr nicht, das kannst du mir glauben.«

»Hab gehört, du wohnst jetzt am Strand.«

»Stimmt.«

»Gefällt's dir da?«

»Sehr.«

»Gut. Du hast es verdient, glücklich zu sein, Julie.«

Darauf erwiderte sie nichts. Es war ihr egal, was sie seiner Meinung nach verdient hatte. Sie hatte geglaubt, sie wären zusammen glücklich gewesen, bis er beschlossen hatte, das alles wegzuwerfen.

»Danke, dass du da bist. Tut mir leid, dass ich so schlecht von dir gedacht habe. Wahrscheinlich die Medikamente.«

Bevor sie etwas erwidern konnte, ging die Tür auf, und eine Frau vom Empfang stand mit einer Styroporbox in der Hand im Raum.

»Ist das das Zimmer von Michael Pike?«

»Ja«, sagte Julie.

»Ich habe eine Lieferung für seine Frau. Sind Sie das?«

Julie zögerte und räusperte sich. »Ich bin Julie.«

»Wunderbar. Das hier wurde für Sie geliefert. Sie müssen jemandem wirklich etwas bedeuten.« Lächelnd übergab sie ihr die Box.

Julie war verwirrt. Sie hatte keine Ahnung, wer ihr etwas geschickt haben könnte.

»Was ist das?«, fragte Michael.

»Keine Ahnung.« Nachdem die Frau vom Empfang gegangen war, stellte Julie die Box auf dem Rolltisch ab und öffnete sie.

Darin befanden sich warme Behälter mit Essen und ein Brief.

Liebe Julie,

du fehlst uns hier unten. Und weil du dein neues Zuhause vielleicht auch vermisst, habe ich herumtelefoniert, bis ich in Boston ein Restaurant gefunden habe, das anständige Südstaatenküche serviert. Gute Güte, die trinken ja nicht mal Sweet Tea. Ist das zu glauben? Jedenfalls sind hier Maisbrei mit Garnelen, Maisbrot, frittierte Okras und Pfirsichauflauf. Sicher nicht so gut wie der von Lucy, aber das holen wir nach, wenn du zurück bist. Alle hier beten für dich. Dixie sagt, du fehlst ihr auch. Komm bald nach Hause. Dawson.

Ihr Herz hämmerte. Noch nie hatte jemand etwas so Nettes für sie getan. Jetzt vermisste sie Seagrove nur umso mehr. Mit den Tränen kämpfend, faltete sie den Brief zusammen und steckte ihn in die Tasche.

»Was riecht hier so?« Michael wedelte sich mit der Hand vor dem Gesicht herum.

»Essen«, sagte sie trocken.

»Wer hat es dir geschickt?«

»Jemand aus Seagrove.«

»Wie heißt sie?«

»Dawson.«

»Eine Frau, die Dawson heißt?«, fragte er lachend.

Julie drehte sich zu ihm um. »Ich habe nicht gesagt, dass es eine Frau ist.«

Michael guckte verdutzt, und fast hätte Julie kichern müssen. Aber jetzt war nicht die Zeit, ihm unter die Nase zu reiben, dass sie ein neues Leben und neue Freundinnen – und Freunde – hatte. Schließlich lief mit Dawson ja nichts Romantisches.

»Oh«, machte er. Sie erwartete weitere Fragen von ihm, doch stattdessen sagte er: »Riecht eklig.«

Julie verdrehte die Augen. »Dann gehe ich damit runter in die Cafeteria. Ich wollte mir ohnehin etwas zu trinken holen.«

Michael sagte nichts, während sie ihre Handtasche und das Essen nahm und hinausging.

Nachdem sie sich mit ihrem Essen an einen Tisch gesetzt hatte, rief sie Dawson per Videochat an.

»Hey, du! Lange nicht gesehen«, sagte er mit einem breiten Lächeln auf dem Gesicht. Hinter ihm sah sie das Marschland und bekam Sehnsucht nach dieser wilden Gegend, die jetzt ihr Zuhause war.

»Vielen, vielen Dank für das Essen!« Sie drehte das Handy so, dass er den Tisch sehen konnte.

»Oh, es ist angekommen, super! Diese Nordlichter haben mich für verrückt erklärt, weil ich nach Sweet Tea gefragt habe.« Er lachte.

»Glaub ich sofort. Aber ich werde es sehr genießen. Das Krankenhausessen und die Sandwiches vom Laden an der Ecke kann ich einfach nicht mehr sehen.«

»Ich hab gehört, Janine ist auf dem Weg zurück hierher?«

»Ja. Sie braucht ja nicht auch noch hier festzuhängen. Michael scheint fürs Erste über den Berg zu sein.«

»Dann kommst du auch bald zurück?«

Sie zögerte. »Ich kann nicht. Seine Verlobte hat ihn verlassen. Hat wortwörtlich gesagt, sie will keinen behinderten Mann pflegen, der monate- oder jahrelang Reha braucht.«

»Wow. Scheint ja ein Biest zu sein.«

»Allerdings. Also hängt es an mir. Ich kann ihn nicht im Stich lassen. Das würden mir meine Töchter nie verzeihen.«

»Verstehe. Pass gut auf dich auf.«

»Danke, Dawson«, sagte sie und winkte dem Bildschirm, bevor sie auflegte. Heimweh überkam sie. Beim ersten Bissen Maisbrei mit Garnelen schloss sie die Augen und stellte sich vor, auf ihrer Bank mit Blick aufs Marschland zu sitzen.

Dr. Sadler deutete auf die Röntgenaufnahme auf dem Bildschirm. »Wir konnten den Beckenknochen richten, aber entscheidend für Ihre Genesung ist die Reha, Mr. Pike. Sie müssen intensiv und hart arbeiten, um ihre volle Mobilität zurückzuerlangen.«

»Wann werde ich entlassen?«, fragte Michael. Er wurde von Tag zu Tag reizbarer. Nach mehr als drei Wochen im Krankenhaus war er frustriert und wütend auf seinen Körper und das ganze medizinische Personal. Julie hatte versucht, ihm klarzumachen, dass diese Menschen ihm das Leben gerettet hatten, doch er konnte sich nicht beherrschen und schnauzte alle Ärzte und Pflegekräfte an.

»Genau darüber wollte ich mit Ihnen sprechen. Wir haben einen straffen Reha-Plan für Sie erstellt. Die Anwendungen werden im ambulanten Bereich des Krankenhauses durchgeführt.«

»Ich kann also nach Hause?«

»Das hängt davon ab, ob Sie jemanden haben, der Sie pflegt. Jemand muss Sie zu Ihren Terminen bringen, weil Sie noch eine Zeit lang im Rollstuhl sitzen werden.«

Julie wurde mit einem Mal schlecht und schwindelig. Ihr wurde bewusst, dass sie dieser Jemand war, von dem all das erwartet wurde. Sie zermarterte sich das Hirn, wie sie so bald wie möglich zurück nach Hause käme.

»Können wir dafür eine private Pflegekraft anstellen?«, fragte sie den Arzt, wobei sie Michaels Blick sehr wohl wahrnahm. »Ich wohne in South Carolina.«

»Theoretisch ja, aber meines Wissens deckt Michaels Versicherung so etwas nicht ab. Das müssten Sie aus eigener Tasche bezahlen, und offen gesagt wäre das ziemlich teuer. Wir reden über mehrere Monate Reha.«

»Kann er denn im Krankenhaus bleiben und die Reha-Maß-
nahmen hier durchführen?« Jetzt griff sie nach jedem Strohhalm.

»Leider ist das keine Option. Auch das wird von seiner Versicherung nicht gedeckt.« Der Arzt sah von einem zum anderen
und schien zu spüren, dass er sie allein lassen musste. »Ich gebe
Ihnen Zeit, das zu besprechen, und schaue heute Abend noch
einmal vorbei.«

Nachdem er gegangen war, stand Julie auf und starrte aus dem
Fenster. Die Stadt war ganz anders als ihr Leben in Seagrove. So
viel Trubel und Hektik.

»Julie?«

»Ja?«

»Du denkst doch nicht daran, mich zu verlassen, oder?«

»Was?«

»Mich zu verlassen.«

»Michael, du hast *mich* verlassen, schon vor Monaten.«

»Nein, ich meine, du bleibst doch hier, um mir zu helfen, oder?
Ich habe sonst niemanden.«

Sie wusste, dass sie Mitleid mit ihm haben müsste, doch sie
empfand nichts als Bitterkeit. Wie konnte er noch mehr von ihr
verlangen?

»Michael, ich habe mein Leben und meine Arbeit in Seagrove.
Ich kann nicht monatelang hierbleiben.«

Er ließ den Kopf ins Kissen sinken und blickte zur Decke. »Es
tut mir leid.«

»Was tut dir leid?«

»Dass ich dich betrogen habe. Ich weiß nicht, was ich mir dabei gedacht habe.«

»Das spielt jetzt keine Rolle mehr. Wir sind geschieden.«

»Fast. Noch ist es nicht offiziell.«

»Worauf willst du hinaus?«

Er sah sie an. »Vielleicht ist es ein Zeichen.«

»Ein Zeichen wofür?« Sie setzte sich und erwiderte seinen Blick.

»Vielleicht haben wir diese gemeinsame Zeit gebraucht. Vielleicht können wir alles wieder einrenken.«

Sie wusste, dass da die Verzweiflung aus ihm sprach, aber ein Teil von ihr fragte sich, ob er es tatsächlich ernst meinte.

»Lass uns nicht davon anfangen.«

»Es ist mein Ernst. Wenn man drei Wochen in einem Krankenhausbett liegt, hat man reichlich Zeit zum Nachdenken. Ich sehe meine Fehler ein, ich sehe, was für eine unglaubliche Frau du bist, die den Mann betreut, der ihr das Herz gebrochen hat.«

»Mir blieb nichts anderes übrig, Michael. Aber du hast es überlebt, und ich kann nicht hierbleiben und mich selbst schon wieder aufgeben. Du wirst allein einen Weg finden müssen, als frischgebackener Single.«

»Was sollen unsere Töchter denken, wenn du mich im Stich lässt?« Jetzt kam der wahre Michael zum Vorschein. Er wollte nicht sie, er wollte nur nicht allein und hilflos sein.

»Wage es nicht, mir Schuldgefühle einzureden, Michael Pike! Hast du eine Ahnung, was ich auf mich genommen habe, um herzukommen und für dich da zu sein? Ich habe meinen Job und mein Haus …«

»Soweit ich gehört habe, ist das eine ziemliche Bruchbude.«

Sie wollte ihn schlagen. Aber es erschien ihr unangemessen, einen hilflosen Mann in einem Krankenhausbett zu verprügeln.

»Ich werde kurz um den Block gehen, bevor ich noch etwas sage, das ich bereue.« Sie schnappte sich ihre Jacke und lief hinaus in die kühle Oktoberluft.

Vor dem Krankenhaus blieb sie stehen und atmete in tiefen

Zügen. Was sollte sie tun? Wie sollte sie je zurück nach Seagrove kommen?

Ihr Handy klingelte, und sie nahm es aus der Tasche. »Hallo?«

»Hey, Mom«, das war Meg am anderen Ende der Leitung.

»Süße, wie schön, von dir zu hören! Wie geht es dir?«

»Hauptsächlich mache ich mir Sorgen um Dad.«

»Ihm geht's gut. Er wird sogar bald entlassen. Er muss natürlich noch zur Reha, aber er darf nach Hause.«

»Oh, fantastisch! Muss er im Rollstuhl sitzen?«

»Ja, ziemlich lange.«

»Er tut mir so leid. Wenigstens hat er dich. Ich bin so froh, dass du dort bist, Mom. Das ist bestimmt schwer für dich, aber Colleen und mir bedeutet es sehr viel, dass du das für ihn tust.«

Julie hielt die Tränen zurück. Sie weinte nicht wegen Michael. Sie weinte, weil ihre Kinder so große Angst hatten, ihren Vater zu verlieren. Und wenn sie ehrlich zu sich war, weinte sie auch, weil sie schon wieder alles verlieren würde, was sie sich aufgebaut hatte. Und Michael war der Grund dafür.

»Ich tue nur, was getan werden muss.« Julie bemühte sich, positiv zu klingen. »Euer Dad wird auf jeden Fall wieder gesund.«

Meg zögerte einen Moment. »Aber du bleibst doch bei ihm, oder?«

»Ja, Schatz, natürlich. So lange es nötig ist.«

Und dann liefen ihr still die Tränen über die Wangen, während Meg ihr das Neuste aus ihrem Leben auf der anderen Seite des großen Teichs berichtete.

Jemanden zu versorgen, der durch seine Verletzungen so schwer beeinträchtigt war, überstieg beinahe Julies Kräfte. Und dass es ausgerechnet der Mann war, den sie auf dieser Welt am meisten verabscheute, machte es noch schlimmer.

»Wie war die Physiotherapie?«, fragte sie, als sie zum gefühlt millionsten Mal vom Krankenhausparkplatz fuhren.

»Wie immer. Schmerzhaft.«

»Sollen wir zum Drive-in fahren, um etwas zu essen zu holen?«

»Kochst du überhaupt nicht mehr?«, murrte Michael.

»Ich bin in letzter Zeit ziemlich beschäftigt, falls es dir entgangen ist.«

»Ich habe Burger und Fritten jedenfalls satt.«

»Ist notiert.« Sie verdrehte die Augen. Während der Fahrt klingelte ihr Handy in der Halterung, und als sie an einer Ampel hielten, nahm sie ab. »Hallo?«

»Hey, du!«

»Dawson, wie schön, von dir zu hören! Wie geht's euch da unten?« Aus den Augenwinkeln konnte Julie sehen, dass Michael genervt mit den Augen rollte.

»Gut. Wir vermissen dich hier alle. Weißt du schon, wann du zurückkommst?«

»Nein, noch nicht. Wie geht es mit dem Haus voran?«

»Wir sind fast fertig. Aber ich brauche dich hier für ein paar letzte Gestaltungsentscheidungen.«

»Verstehe. Ich weiß leider nicht, wann das sein wird. Kann Janine das nicht machen?«

»Sie sagt, sie will nicht riskieren, es zu versauen.« Er lachte.

»Das ist wahrscheinlich ganz vernünftig«, sagte Julie. »Vielleicht können wir später mit Video telefonieren und du zeigst mir die Sachen?«

»Klingt gut. So gegen sechs?«

»Ich freu mich auf deinen Anruf.«

Sie legte auf und fuhr weiter. Michael war ungewöhnlich still.

»Du hast also was mit diesem Typen?«

»Das geht dich überhaupt nichts an.«

»Wir waren sehr lange verheiratet. Ich glaube schon, dass es mich etwas angeht, wenn du dich mit einem anderen Mann triffst.«

Wütend fuhr Julie den Wagen auf einen Parkplatz und hielt an. Sie wandte sich zu Michael. »Das soll ein Witz sein, oder?«

»Nein, soll es nicht. Du kennst diesen Mann kaum, oder?«

»Noch mal: Mein Privatleben geht dich nichts an.«

Er seufzte. »Julie, ich dachte, wir wollten dieser Sache eine Chance geben.«

»Was?«

»Ich habe dir doch gesagt, dass ich den Unfall für ein Zeichen halte, dass wir es noch mal miteinander versuchen sollen. Als ich dich gerade mit diesem Dawson reden hörte, wurde mir klar, dass ich nicht will, dass du dein Leben mit einem anderen verbringst.«

Ach, wie sehr sie sich noch vor wenigen Monaten gewünscht hatte, diese Worte zu hören. Doch als er sie jetzt aussprach, empfand sie nichts Liebevolles mehr. Nur Mitleid, Abneigung und Frustration. Vor allem fühlte sie sich verpflichtet.

»Michael, es tut mir leid, aber unsere Ehe ist vorbei. Dass ich mich um dich kümmere, tue ich nur unseren Töchtern zuliebe, aber das sagt rein gar nichts über unser Verhältnis aus.«

»Das kann nicht dein Ernst sein, Jules. Wir haben zwei Jahrzehnte miteinander verbracht. Das kannst du nicht einfach wegwerfen.« Er sah sie an und versuchte, ihre Hand zu berühren. Sie funkelte ihn wütend an.

»*Du* hast das weggeworfen.«

»Du hast recht, und es tut mir leid. Ich weiß, dass ich dich verletzt habe. Aber ich weiß jetzt, dass das falsch war. Ich bin bereit, eine Therapie zu machen, um ein besserer Mensch zu werden. Ich werde alles tun, um das mit uns wieder hinzukriegen.«

»Nein, Michael. Ich werde mein neues Leben in Seagrove nicht aufgeben.«

»Und wenn ich mitkomme?«

»Was?«

»Ich ziehe dorthin. Meine Reha kann ich doch überall machen, oder nicht? Dann können wir an unserer Beziehung arbeiten. Stell dir nur vor, wie sich die Mädchen freuen würden.«

Sie hörte nur eins, und zwar, dass er bereit war, nach Seagrove zu ziehen. Auch wenn sie nicht wieder mit ihm zusammenkommen wollte, würde ihr das eine ganze Menge erleichtern. Gut, Janine würde ihn vielleicht im Schlaf ermorden, aber um das Problem würde sie sich kümmern, wenn es sich stellte.

»Du wärst also bereit, mit nach Seagrove zu kommen und dort zu leben?«

»Ich würde alles für dich tun, Jules«, sagte er mit gesenkter Stimme. Puh. Von der Vorstellung, dass er sie wieder begehrte, wurde ihr richtig schlecht. Aus irgendeinem Grund sah sie ihn nicht mehr auf diese Art. Fast hatte sie ein schlechtes Gewissen, weil sie ihn in dem Glauben ließ, es gäbe noch eine Chance für sie, aber vor allem wollte sie zurück in ihr Haus am Marschland.

Und wie ihre Tochter einmal gesagt hatte: »Betrüger verdienen es, betrogen zu werden.« Allerdings hatte sie damit vermutlich nicht ihren Dad gemeint.

»Okay.«

»Okay?«, fragte Michael mit großen Augen.

»Wir sprechen mit den Ärzten, ob wir deine Behandlung nach Charleston verlegen können.«

Er lächelte breit. »Danke, Julie. Du wirst es nicht bereuen.«

»Das heißt aber nicht, dass sich irgendetwas geändert hätte.«

»Aber es gibt Hoffnung, und das reicht mir für den Moment.«

Sie antwortete nicht, sondern lenkte den Wagen zurück auf die Straße und freute sich darauf, Dawson, Dixie und Janine wiederzusehen.

Fünfzehntes Kapitel

Das Okay der Ärzte für Michaels Umzug zu bekommen, hatte länger gedauert als erwartet. Vier weitere Wochen waren vergangen, und Julie wurde allmählich unruhig. Mit Dawson per Videochat über die Renovierung des Hauses zu reden, machte nicht halb so viel Spaß, wie vor Ort zu sein und die Einrichtung selbst auszuwählen.

Sie konnte zusehen, wie sich das Haus verwandelte, und das steigerte ihre Sehnsucht nach Seagrove. Nicht zu glauben, dass diese Insel schon so sehr ihr Zuhause geworden war, als hätte sie ihr ganzes Leben dort verbracht.

»Morgen geht's los?«

»Ja. Und der Makler schaltet dieses Wochenende die Anzeige für die Eigentumswohnung.« Julie war dabei, ihren Koffer zu packen.

»Oh, gut.« Michaels Stimme klang verändert. Er schien sich nicht zu freuen, was merkwürdig schien, nachdem er so auf den Umzug und eine neue Chance für sie als Paar gedrängt hatte.

Meg und Colleen waren ganz aus dem Häuschen gewesen, als sie hörten, dass ihre Eltern wieder zusammenzogen, obwohl Julie deutlich gemacht hatte, dass das nichts zu bedeuten hatte.

»Ich glaube, dein Handy klingelt«, sagte Michael augenrollend. Er machte kein Geheimnis darum, dass es ihn störte, wenn sie mit ihren Freunden aus Seagrove telefonierte.

Julie nahm ihr Handy und sah Dixies Nummer. »Hey, Dixie.«

»Selber hey!« Ihr Südstaatenakzent war wie Balsam für Julies Ohren.

Sie gab Michael einen Wink und trat zum Telefonieren auf den Balkon mit Blick über die Stadt. Die Tür schob sie hinter sich zu.

»Also, was liegt an?«

»Dawson hat gesagt, du bringst deinen Mann mit nach Seagrove?«

Julie seufzte. »Das war meine einzige Chance, je wieder nach Hause zu kommen.«

»Liebes, ich weiß, es geht mich nichts an, und du kannst mir jederzeit sagen, ich soll die Klappe halten, aber ich halte das für keine gute Idee.«

»Ich auch nicht. Aber meine Töchter würden es mir nie verzeihen, wenn ich nicht für ihren Vater da wäre.«

»Deine Töchter sind erwachsen. Sie werden bestimmt verstehen, dass du dich nicht den Rest deines Lebens um den Mann kümmern kannst, der dich betrogen hat.«

»Ich fühle mich verpflichtet. Und wenigstens kann ich so zu Hause sein und euch alle um mich haben.«

»Halunken ändern sich nicht, das weißt du, oder?«

»Ich weiß.«

»Und du hast dieses neue Leben verdient, das du dir aufgebaut hast.«

»Danke, Dixie. Das bedeutet mir viel.«

»Er wird dir wieder sein wahres Gesicht zeigen. Und wenn es so weit ist, versprich mir, dass du ihn endlich sitzenlässt und dich diesem Mann nicht mehr verpflichtet fühlst, ja? Sei vorsichtig.

Wirf dein Leben nicht weg, nur weil du dich vor einem schlechten Gewissen fürchtest.«

Dixies Worte bedeuteten ihr mehr, als sie ausdrücken konnte, zumal ihre eigene Mutter keine allzu große Hilfe war. Deren einziger Rat war gewesen, es irgendwie wieder hinzukriegen, weil Michael irgendwann wieder arbeiten würde und sie dann finanziell versorgt wäre.

»Ich passe auf mich auf, versprochen.«

»Gut. Hier kommt gerade eine Kundin rein. Hab dich lieb, Süße.«

»Ich dich auch, Dixie. Bis bald!«

Sie beendete das Telefonat und blickte über die Stadt. Trotz der schönen Aussicht konnte sie es nicht erwarten, wieder die Geräusche des Marschlands zu hören. Als sie sich umdrehte und in die Wohnung zurückgehen wollte, hörte sie leise Michaels Stimme. Vorsichtig schlich sie sich zur Schlafzimmertür und lauschte.

»Ich weiß, mein Schatz … Es ist ein weiter Weg … aber sobald es mir besser geht, komme ich zurück … ihr beide fehlt mir so sehr … Ja, ich verstehe, dass du mich nicht pflegen konntest … Ich weiß, dass es dir zu viel war, Victoria … Ich mache dir keine Vorwürfe … Ich liebe dich …«

Julie kochte vor Wut. Sie schnappte sich ihre Tasche, stürmte aus der Wohnung und knallte die Tür hinter sich zu.

Michael bombardierte sie mit Anrufen und Textnachrichten, doch Julie ignorierte ihn mehrere Stunden lang. Als sie schließlich in die Wohnung zurückkam, saß er im Rollstuhl und starrte die Tür an.

»Wo bist du gewesen? Du hast mir eine Todesangst gemacht. Ich musste zur Toilette, und du warst nicht da, um mir zu helfen!«

Sie lachte. »Warum rufst du nicht Victoria an?«

»Was?«

»Glaubst du vielleicht, ich bin schwerhörig?«

Er schluckte. »Du hast mich gehört?«

»Allerdings. Und Gott sei Dank.« Sie ging zu ihrem Koffer und zog den Reißverschluss zu.

»Wo gehst du hin?«

»Nach Hause.«

»Was? Du kannst mich doch nicht einfach hierlassen?« Er fuhr mit dem Rollstuhl hinter ihr her.

»Ich kann und ich werde. Ich habe mit deinen Therapeuten gesprochen, und sie haben den Transport zu deinen Terminen organisiert. Außerdem haben sie einen Pflegedienst bestellt, der mehrmals am Tag vorbeikommt, um dich zu unterstützen. Ich habe den Makler angerufen und den Verkauf abgesagt. Und vor allem habe ich deine Töchter angerufen und ihnen mitgeteilt, dass ich abreise.«

»Du hast es ihnen gesagt?«

»Ja.« Sie packte ihr Make-up zusammen und verstaute es im Handgepäck.

»Das war nicht fair, Julie.«

Sie hielt inne und sah ihn an. »Weißt du, was nicht fair ist, Michael? Wenn dich dein Mann nach einundzwanzig Jahren Ehe betrügt und eine andere Frau schwängert, sich mit ihr verlobt und dann einen Unfall hat und von dir erwartet, dass du ihn gesund pflegst, damit er wieder mit seinem Flittchen zusammen sein kann. *Das* ist nicht fair.«

»Hör mal, Victoria hat vor ein paar Tagen angerufen und sich entschuldigt. Sie ist einfach nicht der fürsorgliche Typ, so wie du. Aber wenn du willst, dass ich den Kontakt zu ihr abbreche, okay. Ich glaube, eine Paartherapie könnte uns …«

»Hör auf!« Sie hob die Hände. »Hör zu, ich weiß nicht, was aus dem Mann geworden ist, den ich mal geheiratet habe, aber den gibt es nicht mehr. Diesen Verlust habe ich bereits betrauert. Wenn ich dich ansehe, spüre ich überhaupt nichts. Ich danke Gott dafür, dass ich das Telefonat mitgehört habe, weil es mich endlich wieder zur Vernunft gebracht hat. Ich bin nicht mehr für dich verantwortlich. Ich habe mir ein Leben aufgebaut, das ich liebe, und dieses Leben habe ich verdient. Mach's gut, Michael.«

»Das kannst du nicht machen, Julie.« Er rollte ihr bis zur Tür hinterher. »Du weißt, dass es falsch ist.«

»Ruf in der Arztpraxis an, wenn du irgendetwas brauchst. Oh, und ich habe deine Mutter gebeten, dich besuchen zu kommen.«

»Meine Mutter? Aber die treibt mich in den Wahnsinn!«

Julie drehte sich zu ihm um und lächelte. »Ich weiß.«

Julie hatte niemandem etwas von ihrer Ankunft gesagt. Es sollte eine Überraschung sein. Als sie in die Einfahrt zu ihrem Haus einbog, konnte sie endlich wieder richtig atmen. Zu Hause.

Sie ging zur Haustür und sah mit Erschrecken, wie perfekt alles geworden war. Die Farbe, die Möbel, die Böden. Es war schöner, als sie es sich je vorgestellt hatte.

»Sis?«, fragte Janine aus dem Flur. Sie kam auf sie zugerannt und umarmte sie fest, was beide vor ein paar Monaten noch nicht für möglich gehalten hätten.

»Ja, ich bin's«, sagte Julie, ihre Stimme gedämpft von Janines dicken Locken.

»Wo ist der Idiot?«

»In Boston.«

»Was ist passiert?«

»Er hat mir wieder sein wahres Gesicht gezeigt. Wollte sich

von mir gesund pflegen lassen, um dann zu Victoria zurückzugehen. Da habe ich ihn verlassen.«

»Ich bin so stolz auf dich.«

»Die Mädchen haben Verständnis dafür, das hat mich überrascht. Und es hat mir die Kraft gegeben, meine Sachen zu packen und nach Hause zu kommen. Hier sieht es ja umwerfend aus! Wo ist Dawson?«

»Ich glaube, er sitzt draußen am Marschland und isst zu Mittag. Er kann es kaum erwarten, dich wiederzusehen. Ich glaube, er ist in dich verknallt.«

Julie verdrehte die Augen. »Nein, ist er nicht.«

»Wie du meinst …« Sie ging durch den Flur.

Julie stellte die Taschen ab und ging zur Hintertür hinaus. Dort saß Dawson auf der Bank, ihrem Lieblingsplatz auf dem ganzen Grundstück. Er aß ein Sandwich und betrachtete das Sumpfgras, das sich im Wind wiegte. Sie atmete den schweren Duft des Marschlands ein. Es roch nach Zuhause.

»Hey«, sagte sie leise, als sie auf ihn zuging. Er ließ das Sandwich fallen und sprang von der Bank auf. Ein breites Lächeln lag auf seinem Gesicht.

»Oh mein Gott, du bist wieder da!«

Er zog sie in eine herzhafte Umarmung, und sie schmolz dahin. Oh Mist, sie war auch in ihn verknallt. Machte man so etwas mit Mitte vierzig überhaupt noch – sich verknallen?

Es war ein schönes Gefühl, wieder so im Arm gehalten zu werden. Sie drückte die Wange an seine Brust und genoss den Augenblick. *Er* roch nach Zuhause.

Dawson räusperte sich, trat einen Schritt zurück und fuhr sich mit den Fingern durch die Haare. »Entschuldige, ich hab nicht nachgedacht.«

»Schon okay, ich habe nichts dagegen.«

Einen Augenblick lang sahen sie einander an. »Auf die Gefahr hin, extrem un-machohaft zu klingen – darf ich sagen, dass du mir gefehlt hast?«

»Du hast mir auch gefehlt«, sagte sie. Ihre Wangen brannten.

»Wo ist dein Mann?«

»In Boston.«

Dawson legte den Kopf schief. »Aber ich dachte …«

»Das hier ist mein Neuanfang, und den werde ich mir nicht nehmen lassen. Also, er kommt nicht mit.«

Er lächelte. »Gut. Ich fand, das war eine ziemlich schlechte Idee.«

»Das hat Dixie auch gesagt. Du, ich wollte mich bei dir bedanken, weil du dich um das Haus gekümmert hast, während ich weg war. Es sieht umwerfend aus.«

»War mir ein Vergnügen.«

»Ich würde dich als Dankeschön gern zum Essen einladen.«

Er lächelte sein schiefes Lächeln. »Was denn, wird das etwa ein Date, Julie?«

»Und was wäre, wenn?«

»Dann würde ich fragen, um wie viel Uhr ich dich abholen darf.«

Oh ja, das Leben auf der Insel entpuppte sich als sehr viel besser, als sie erwartet hatte. Neuanfänge können holprig sein, aber sie lohnen sich.

Epilog

Weihnachten war für Julie die schönste Zeit des Jahres, und sie freute sich besonders, das Essen dieses Jahr in ihrem neuen Haus auszurichten. Janine und sie hatten viel Spaß daran, alles hübsch herzurichten – natürlich mit Dawsons Hilfe.

Zu dritt hatten sie den größten Weihnachtsbaum ausgesucht, den sie finden konnten, und ihn mit Dawsons Truck zu ihrem Haus bugsiert. Zum Glück hatten sie hohe Decken, sonst hätte der Baum das Dach gesprengt.

Julie hatte ihre Mutter und deren Mann überredet, über die Feiertage nach Seagrove zu kommen. Zuerst hatte SuAnn abgelehnt, doch als Janine ihr Fotos von dem frisch renovierten Haus schickte, gab sie schließlich nach.

Das Schönste an diesem Herbst war die aufkeimende Beziehung zwischen Dawson und Julie gewesen. Sie ließen alles sehr langsam angehen und hatten erst ein paar Dates gehabt, allerdings war Dawson fast jeden Abend bei ihr, um irgendetwas im Haus zu reparieren. Nichts, was dringend hätte erledigt werden müssen, aber irgendetwas fand er immer zu tun.

Nachdem ihre Scheidung nun rechtskräftig war, hätte Julie sich jetzt auf etwas Neues einlassen können, doch sie zögerte, weil sie nicht wollte, dass ihr wieder das Herz gebrochen wurde. Nicht, dass Dawson so etwas jemals tun würde. Dafür war er einfach nicht der Typ. Andererseits hatte sie sich das bei Michael auch nicht vorstellen können.

Julie war froh, Dawson, Janine, Dixie, ihre Mutter und Buddy über die Feiertage um sich zu haben, auch wenn sie ihre Töchter vermisste. Colleen arbeitete an einem wichtigen Fall und bekam nicht lange genug frei, um ans andere Ende des Landes zu reisen. Meg war drüben in Europa, da kam es nicht infrage, über Weihnachten nach Hause zu kommen.

»Wie schön, dass Buddy und du kommen konntet«, sagte Julie zu ihrer Mutter, während sie den Salat zubereiteten.

»Finde ich auch, Liebes. Und das Haus ist wunderschön geworden. Dawson hat richtig gute Arbeit geleistet.«

Julie lächelte. »Dann fürchtest du nicht mehr um mein Leben?«

»Das würde ich nicht sagen. Für meinen Geschmack ist diese Insel ein bisschen zu abgelegen.«

»Ach, Mutter, trink einen Schluck Wein und entspann dich.« Janine kam in die Küche und reichte ihrer Mutter lachend ein Glas.

»Ach ja«, wandte sich Julie an SuAnn, »weißt du noch, dass du mir damals eine medizinische Vollmacht ausgestellt hast, falls ich im Notfall Entscheidungen für dich treffen muss?«

»Ja, natürlich, warum?«

»Tja, Mom, vor ein paar Tagen habe ich mit deinem Arzt telefoniert.«

»Warum das denn?«

»Weil du so ein Geheimnis um deinen Gesundheitszustand gemacht hast und wir uns Sorgen gemacht haben. Und jetzt stell dir meine Überraschung vor, als ich erfuhr, dass die Blutwerte, mit denen du uns Angst eingejagt hast, einfach nur ein erhöhter Cholesterinspiegel waren.«

SuAnn lächelte. »Eine Mutter muss eben tun, was sie tun muss, um ihre Töchter wieder zusammenzubringen. Ich bereue nichts.« Sie nippte an ihrem Wein.

Janine und Julie lachten und nahmen sich in den Arm. »Ich würde sagen, es hat funktioniert«, sagte Julie.

»Ja, aber lüg uns nicht noch mal an. Ich habe mir wirklich Sorgen gemacht.«

»Kann ich euch bei irgendwas helfen?«, fragte Dawson, der in diesem Moment in die Küche kam. Julie fand, dass er in seinem roten Karohemd, den zerschlissenen Jeans und Cowboystiefeln heute ganz besonders zum Anbeißen aussah. Wie ein sehr sexy Holzfäller.

»Du könntest den Schinken auf den Tisch stellen.« Lächelnd sah Julie zu ihm auf. Sie würden schon bald wieder zusammen ausgehen. Die große Silvesterfeier, zu der selbst Leute vom Festland auf die Insel kamen, stand bevor. Und Julie hoffte auf einen ganz besonderen Neujahrskuss.

»Klar«, sagte er und zwinkerte ihr zu, nahm den Schinken und brachte ihn zum Tisch.

»Uiuiui«, sagte SuAnn, »da ist aber jemand ganz schön in dich verknallt.«

»Und ich auch in ihn«, gestand Julie. »Aber wir gehen es langsam an.«

»Kluge Idee«, sagte Janine.

»Aber hoffentlich nicht so langsam, dass du ihn entwischen lässt, Liebes. Du wirst nicht jünger und die Auswahl nicht größer«, sagte SuAnn.

»Ach Mom. Komm, wir lassen Julie in Ruhe.« Janine zog ihre Mutter aus der Küche.«

»Fröhliche Weihnachten!« Dixie kam auf Julie zu. Offenbar hatte sie nur darauf gewartet, dass SuAnn die Küche verließ. Die beiden waren nicht gerade die besten Freundinnen.

Julie umarmte sie. »Dir auch fröhliche Weihnachten. Ich freu mich so, dass du kommen konntest.«

»Danke für die Einladung. Das Haus sieht wunderbar aus. Dawson hat großartige Arbeit geleistet.«

»Ja, das hat er.«

»Alles in Ordnung mit dir? Du wirkst ein bisschen traurig.«

»Ich vermisse die Mädchen. Es ist das erste Weihnachten ohne sie.«

»Verstehe.«

»Oh, tut mir leid, Dixie. Du vermisst deine Söhne sicher auch.«

»Das stimmt. Aber manches lässt sich nicht reparieren, sosehr man es auch versucht.«

»Gib die Hoffnung nicht auf.«

»Weißt du, du bist für mich wie die Tochter, die ich nie hatte.«

Julie lächelte. »Danke. Und du bist wie die Mutter, die ich mir immer gewünscht habe«, flüsterte sie.

Darüber lachte Dixie. »Hast du gehört? Es hat geklopft.«

»Wirklich? Es ist so laut hier drin.« Julie ging zur Haustür und öffnete. Vor ihr stand ein Mann mit dunkelbraunen Haaren, etwa in ihrem Alter. Er sah aus, als wäre er wütend oder hätte Verstopfung oder vielleicht beides. »Kann ich Ihnen helfen?«

»Ich möchte Dixie sprechen«, sagte er in scharfem, kaltem Ton.

»Oh, okay …« Julie öffnete die Tür ein Stück weiter. Hinter ihr tauchte Dixie auf, und Julie hörte, wie sie scharf die Luft einsog.

»William?«

»Hallo, Mutter.«

Und da wusste Julie, dass es doch kein normales Weihnachts-essen werden würde.

Rachel Hanna

Ein neuer Morgen im kleinen Haus am Strand

208 Seiten, Klappenbroschur

ISBN 978-3-455-02085-4

Atlantik

**Lebensnah, gefühlvoll, voller Hoffnung –
ein Neuanfang am Strand**

Nach dem plötzlichen Ende ihrer Ehe und ihrem turbulenten Start im kleinen
Haus am Strand scheinen sich die Dinge für Julie zu fügen, ein neues Leben
liegt vor ihr – doch dann stehen gleich drei unerwartete Besucher auf ihrer
frisch renovierten Veranda und stellen ihr Glück auf die Probe. Wie gut,
dass Julie in ihrer neuen Heimat eine Gemeinschaft gefunden hat, die sie
auffängt – egal, wie stürmisch es wird.

Der zweite Band von Rachel Hannas gefeierter Buchreihe!